O QUINZE

O QUINZE

RACHEL DE QUEIROZ

JO JOSÉ OLYMPIO

Rio de Janeiro, 2023

CIP-BRASIL. CATALOGAÇÃO NA PUBLICAÇÃO
SINDICATO NACIONAL DOS EDITORES DE LIVROS, RJ

Q47q
121ª ed.

Queiroz, Rachel de, 1910-2003
O Quinze / Rachel de Queiroz. – 121ª ed. – Rio de Janeiro:
José Olympio, 2023.

Prefácio, glossário, fortuna crítica, cronologia
ISBN 978-85-03-01292-8

1. Romance brasileiro. I. Título.

16-34618

CDD: 869.93
CDU: 821.134.3(81)-3

Copyright © herdeira de Rachel de Queiroz, 1930

Prefácio, curadoria de textos, glossário e cronologia: Elvia Bezerra

Capa: Victor Burton e Anderson Junqueira
Imagem de capa: profomo/iStock

Este livro foi revisado segundo o novo Acordo Ortográfico da Língua Portuguesa.

Todos os direitos reservados. Proibida a reprodução, armazenamento ou
transmissão de partes deste livro, através de quaisquer meios, sem prévia
autorização por escrito.

Reservam-se os direitos desta edição à
EDITORA JOSÉ OLYMPIO LTDA.
Rua Argentina, 171 – 3º andar – São Cristóvão
20921-380 – Rio de Janeiro, RJ
Tel.: (21) 2585-2000

Seja um leitor preferencial Record.
Cadastre-se no site www.record.com.br
e receba informações sobre nossos
lançamentos e nossas promoções.

Atendimento direto ao leitor:
sac@record.com.br

ISBN 978-85-03-01292-8

Impresso no Brasil
2023

Sumário

PREFÁCIO
O algodão da terra, por Elvia Bezerra   7

O QUINZE   15

GLOSSÁRIO   159

FORTUNA CRÍTICA
Uma revelação: O Quinze, por Augusto Frederico Schmidt   165
Rachel de Queiroz, por Mário de Andrade   171
O sertão em surdina, por Davi Arrigucci Jr.   175

CRONOLOGIA   191

Prefácio

O algodão da terra

Elvia Bezerra

Quem acompanha a produção de Rita de Queluz, pseudônimo por trás do qual Rachel de Queiroz se escondeu nos jornais cearenses desde 1927, talvez se espante menos com a romancista que, aos vinte anos de idade incompletos, publicou, em 1930, o hoje clássico romance *O Quinze*.

Antes de considerar este livro que surpreendeu o Brasil, vale lembrar três questões que iluminam a forja onde era modelada a futura escritora.

Primeiramente, não se deve esquecer que na acolhedora casa alpendrada, de arquitetura franciscana, da Fazenda do Junco, no sertão cearense do Quixadá, Rachel de Queiroz viveu em ambiente intelectualmente refinado. A mãe, Clotilde Franklin de Queiroz, tratou de lhe tirar das mãos um livro de literatura *rosée* que a adolescente uma vez ensaiou ler e rapidamente o substituiu por um exemplar de *A cidade e as serras*, de Eça de

Queiroz. Em seguida viriam os clássicos franceses e, naturalmente, os russos. Formava, assim, o gosto literário da filha, irrigava-lhe o vocabulário e lhe alargava os horizontes muito além dos monólitos que cercam o Quixadá, registrados com tanta sensibilidade pelo fotógrafo Eduardo Simões.

Em segundo lugar, é preciso atentar para o fato de que a marca de desassombro da autora, tão louvada na sua obra, está clara nos artigos que escreveu desde a estreia no jornal *O Ceará*, passando por *O Povo* e a revista *A Jandaia*, para citar alguns. Não só do ponto de vista temático como estilístico, a iniciante é a mesma que se consagraria na crônica e no romance.

Àquela época, do alto de seus dezesseis anos de idade, utilizou a imprensa como veículo para expressar suas inquietações mais latentes: clamava por completa reforma no ensino, que, na sua opinião, devia ser profissionalizante, assim como se insurgia contra os que negavam à mulher o direito de votar. Temas sociais, políticos, portanto, de que tratou sem rodeios, em linguagem desengomada, direta, desde o comecinho. Os colegas logo lhe reconheceram a "prosa forte", que contrastava com as metáforas floridas de Susana Guimarães, colega de redação.

Em terceiro lugar, os quase três mil quilômetros que separavam Rachel de Queiroz de São Paulo não lhe toldavam a consciência em relação ao momento literário que se vivia naquele final da década de 1930, quando, no Sudeste, o movimento modernista chegava ao final da primeira fase. Como a mãe assinasse revistas literárias brasileiras e estrangeiras, a mocinha da Fazenda do Junco não só se mantinha atualizada quanto aos rumos da literatura como atendeu à conclamação de Mário de Andrade para "abrasileirar o Brasil". Sem ter certeza ainda de sua forma de expressão definitiva, ela, que nos jornais publicara crônica, folhetim e poesia, optou pela última para tratar dos temas que a moviam: a seca, o êxodo, a miséria, a fome e figuras históricas da mitologia cearense. Reuniu dez poemas sob o título de *Mandacaru* e escreveu um prefácio dirigindo-se aos Novos do Sul, oferecendo o livro como contribuição ao projeto modernista: "*Mandacaru*", justificou, "é um dos balbucios com que nós, os do Nordeste, tentamos colaborar na grande harmonia nacional que vocês executam." Queria se integrar às lutas "no afã de despirem o Brasil da velha e surrada casaca europeia, de o fazerem vestir uma roupa mais nossa, feita do algodão da terra".

Não publicou o livrinho. Em vez de se empenhar em editá-lo, preferiu juntar-se ao irreverente grupo de colegas criador do suplemento literário *Maracajá*, encarte de quatro magras mas violentas páginas do jornal *O Povo*. Na página 10 do primeiro número, de 7 de abril de 1929 (haveria só mais um número), lê-se seu artigo "Se eu fosse escrever o meu manifesto artístico".

Veja-se como nele pulsa a escritora que irromperia no ano seguinte. Escreve ela: "É que sinto que quanto mais próxima e familiar a paisagem, quanto mais íntimo o motivo de inspiração, quanto mais integrado o artista com o modelo, mais fiel, mais espontânea e sincera será sua interpretação."

Aí estava, pronta, a autora do romance que começaria a compor em meados daquele mesmo ano de 1929, de acordo com seu depoimento em "Como foi escrito *O Quinze*".[1] Os relatos sobre a seca

---

1 Queiroz, Rachel de. In: *Revista da Academia Cearense de Letras*, nº 37, de 1976. [Texto reproduzido na edição do *O Quinze* da Sociedade dos Cem Bibliófilos do Brasil.]

de 1915, que, desde menina, ouvia nas noites do Junco, somados à sua vivência de sertaneja, certamente não lhe davam munição bastante para escrever o que desde o início foi reconhecido como obra-prima. Tampouco seriam suficientes a formação intelectual e a experiência jornalística. Está claro que a altíssima qualidade do romance se deve ao talento da autora, talento que a fazia brilhar desde as estreias: foi assim no jornal *O Ceará*; seria assim em *O Quinze* e seria assim na "Crônica nº 1", com que, em 1945, iniciou sua lendária colaboração de trinta anos na revista *O Cruzeiro*.

No depoimento sobre a concepção do romance, Rachel conta que, deitada de bruços no soalho da sala, à noite, no casarão do sítio do Pici, em Fortaleza, onde passara a morar com a família, escrevia, a lápis, num caderno escolar, à luz de um lampião a querosene. Para fugir à vigilância da mãe, preocupada com sua saúde, esperava que todos estivessem dormindo e só então escapava da área dos quartos e deslizava para a sala: "...parecia-me que a criação literária só poderia ser feita assim, no mistério noturno, longe do testemunho e dos comentários da casa ruidosa cheia de irmãos". Depois — continua —, passou tudo a limpo numa velha máquina de escrever Corona. Em maio de 1930 recebia, da Gráfica Urânia, a primeira prova saída do prelo — atestam as páginas encontradas em seu arquivo.

Assim ficou consagrada na literatura brasileira a história da seca que devastou o Estado do Ceará em 1915. As personagens dona Inácia e a neta, Conceição, moça de 22 anos, professora e leitora ativa que visita a avó nas férias, no sertão do Quixadá, são apresentadas no primeiro capítulo, juntamente com o clima de apreensão pela falta d'água. Apreensão que dura pouco para logo se converter na realidade da seca e na chegada de Vicente, com quem Conceição viverá um romance frustrado. Embora a divulgação na imprensa local tenha chamado atenção para a história de amor, o que ressalta agudamente na obra, como se sabe, são a fome, o êxodo, a errância do vaqueiro Chico Bento, Cordulina e sua família, durante a qual ocorre a morte do menino Josias, filho do casal, numa das cenas mais pungentes do livro.

Para escrever *O Quinze*, Rachel vestiu uma "roupa feita do algodão da terra" como anunciara no "Manifesto". Daí a simplicidade da linguagem, o despojamento da estrutura narrativa, a construção do enredo que se desenvolve em 26 capítulos curtos, como se a autora os dispusesse em cenas numa galeria de imagens. Cenas capazes de trazer o leitor para o sertão seco, onde tudo murcha, erra, some e morre. Nada ali floresce. Tudo sucumbe à desolação do entorno. É preciso que o amor romântico aborte cedo para que Conceição e Vicente se voltem para os seus caminhos: ela, na dedicação à seca e às diversas formas de sofrimento decorrentes do flagelo. Ele, na objetividade de seu ofício de vaqueiro. Desse modo, Rachel de Queiroz tingiu a narrativa de desilusão, sem esquecer as nuances que lhe conferem aquela sinceridade de interpretação defendida no "Manifesto". Trabalhou com o que havia de mais puro, mais genuíno, rejeitando qualquer tipo de adorno. Para isso usou — e como — de talento na escolha do vocabulário. Os verbos são precisos, cortantes, intransferíveis, assim como os adjetivos, jamais gratuitos. A concisão, de que é exemplo esta descrição, é absoluta: "O próprio leito das lagoas vidrara-se em torrões de lama ressequida, cortada aqui e além por alguma pacavira defunta que retorcia as folhas empapeladas."

Pouco mais de uma dúzia de palavras e se tem diante dos olhos a imagem da planta (pacavira) morta, cuja função é marcar, com suas folhas sem vida, a lama vitrificada pelo sol em terra antes coberta pela água. Morte sobre morte, portanto.

"O céu, na seca, treme como uma gaze repuxada" é mais um exemplo da força da imagem criada pela romancista com economia admirável, tônica do romance. Tudo se tensiona em *O Quinze*, tudo se esgarça: desde o céu, como "gaze repuxada", à terra, sulcada pela falta d'água. Do mesmo modo são as personagens, em consonância com a terra: lentas, silenciosas, desoladas.

Voltando um pouco: conhecer os versos de *Mandacaru* é fundamental para se entender a busca estética de Rachel de Queiroz naquele final da década de 1920. Ela intuía que faria algo importante, mas não estava certa quanto ao gênero. Tateava. Pensou que seria por meio da poesia. Felizmente não tardou que o bom senso lhe indicasse o melhor caminho: rapidamente abandonou a eloquência dos versos e dedicou-se à sobriedade do romance onde "tudo é vivo, mas nada chama a atenção", como diz Arrigucci Jr. em seu texto definitivo, incluído na fortuna crítica desta edição.

Temas e personagens se anunciam em *Mandacaru* para se ampliarem em *O Quinze*. Nos versos, fermenta o romance que consagraria a autora, para quem o êxodo seja, talvez, o que mais lhe punge a alma. A emigração que deriva da seca, sendo tema regional, é universal, na medida em que traduz o afastamento das raízes, próprio do exílio. Toda a emoção que transborda nos versos imaturos de *Mandacaru*, que somente em 2010 seria lançado pelo Instituto Moreira Salles, se condensa e se tensiona no romance, com a via-crúcis do vaqueiro Chico Bento e a família.

A crítica foi certeira. No Rio de Janeiro, o poeta e editor carioca Augusto Frederico Schmidt não precisou passar da página dez para formar sua opinião. Conhecedor, assim como Rachel, do que foi chamado de "literatura da seca" por meio de *O paroara*, de Rodolfo Teófilo, *Luzia-Homem*, de Domingos Olímpio, em que a seca de 1877 perpassa toda a narrativa, ou *A normalista*, de Adolfo Caminha, e ainda de *A bagaceira*, de José Américo de Almeida, Schmidt afirma que, em nenhum deles, encontrou "tanta emoção, tão pungente e amarga tristeza". Mário de Andrade estranhou a "versalhada" que a autora incluiu, depois do prefácio. Mário desconfiou — e acertou — que o poema era de Rachel de Queiroz. E não gostou:

> Prefácio e versos são literatice mas da gorda. [...] O que surpreende mais é justamente isso: tanta literatice inicial se soverter de repente, e a moça vir saindo com um livro humano, uma seca de verdade, sem exagero, sem sonoridade, uma seca seca, pura, detestável, medonha [...]. Rachel de Queiroz eleva a seca a suas proporções exatas. Nem mais, nem menos.

Mário, naturalmente, desconhecia os versos de "O êxodo", de *Mandacaru*, até então inédito. Ignorava também o que neles havia de esforço antes que a autora acertasse a mão para tratar do tema com a superioridade com que o faria em *O Quinze*.

Em entrevistas concedidas na maturidade, Rachel de Queiroz afirmava que o romance não tinha sido bem recebido em Fortaleza. É possível que a tivesse marcado a crítica de um desconhecido, autor de artigo mal fundamentado e publicado em *O Povo*. Talvez tenha sido a única. Na verdade, a recepção em seu estado natal também foi positiva. O romancista Antônio Sales, nome de prestígio nas letras daquela época, publicou longo artigo, intitulado "Uma estreia fulgurante", em que louva a obra. Se lhe reconhece alguns senões, que atribui à imaturidade da autora, justifica-os afirmando que "são tão poucos e insignificantes que se perdem de todo no conjunto das reais qualidades do livro, como expressão de beleza e verdade de observação". O filólogo e crítico cearense Beni Carvalho, no artigo "A tragédia da seca num romance de mulher", publicado na revista *Fon-Fon*, considera *O Quinze* "uma obra equilibrada de agudeza, de simplicidade forte, de arte autêntica e, sobretudo, de alta expressão social", sem deixar de valorizar a leveza e sobriedade do texto para tratar de assunto tão pesado. Receptividade boa, portanto, do Nordeste ao Sudeste.

Rachel de Queiroz não podia imaginar que tinha acabado de publicar o que se tornaria um clássico. Deixou de incluir um glossário, não porque julgasse desnecessário, mas porque duvidava da importância da obra, como justificou no prefácio:

> Mas, glossário, é coisa muito grave. É para livro consagrado. Livro em terceira ou quarta edição. Num romaneco anonymo, editado em província, ele dá impressão terrível de presumpção e pernosticismo.

Depois de mais de cem edições de *O Quinze*, o argumento da autora vai por água abaixo: inclui-se agora não só um glossário (com indicações pelo sinal • na margem do texto) como fortuna crítica, além de cronologia comentada da autora.

O QUINZE

1

Depois de se benzer e de beijar duas vezes a medalhinha de São José, dona Inácia concluiu:

"Dignai-vos ouvir nossas súplicas, ó castíssimo esposo da Virgem Maria, e alcançai o que rogamos. Amém."

Vendo a avó sair do quarto do santuário, Conceição, que fazia as tranças sentada numa rede ao canto da sala, interpelou-a:

— E nem chove, hein, Mãe Nácia? Já chegou o fim do mês... Nem por você fazer tanta novena...

Dona Inácia levantou para o telhado os olhos confiantes:

— Tenho fé em São José que ainda chove! Tem-se visto inverno começar até em abril.

Na grande mesa de jantar onde se esticava, engomada, uma toalha de xadrez vermelho, duas xícaras e um bule, sob o abafador bordado, anunciavam a ceia:

— Você não vem tomar o seu café com leite, Conceição?

A moça ultimou a trança, levantou-se e pôs-se a cear, calada, abstraída.

A velha ainda falou em alguma coisa, bebeu um gole de café e foi fumar no quarto.

— A bênção, Mãe Nácia! — E Conceição, com o farol de querosene pendendo do braço, passou diante do quarto da avó e entrou no seu, ao fim do corredor.

Colocou a luz sobre uma mesinha, bem junto da cama — a velha cama de casal da fazenda —, e pôs-se um tempo à janela, olhando o céu. E ao fechá-la, porque soprava um vento frio que lhe arrepiava os braços, ia dizendo:

— Eh! A lua limpa, sem lagoa! Chove não!...

Foi à estante. Procurou, bocejando, um livro. Escolheu uns quatro ou cinco, que pôs na mesa, junto ao farol.

Aqueles livros — uns cem, no máximo — eram velhos companheiros que ela escolhia ao acaso, para lhes saborear um pedaço aqui, outro além, no decorrer da noite.

Deitou-se vestida, desapertando a roupa para estar à vontade.

Pegou no primeiro livro que a mão alcançou, fez um monte de travesseiros ao canto da cama, perto da luz, e, fincando o cotovelo neles, abriu à toa o volume.

Era uma velha história polaca, um romance de Sienkiewicz, contando casos de heroísmos, rebeliões e guerrilhas.

Conceição o folheou devagar, relendo trechos conhecidos, cenas amorosas, duelos, episódios de campanha. Largou-o, tomou os outros — um volume de versos. um romance francês de Coulevain.

E ao repô-los na mesa, lastimava-se:

— Está muito pobre essa estante! Já sei quase tudo decorado!

Levantou-se, foi novamente ao armário. E voltou com um grosso volume encadernado que tinha na lombada, em letras de ouro, o nome de seu finado avô, livre-pensador, maçom e herói do Paraguai.

Era um tratado em francês, sobre religiões. Bocejando, começou a folheá-lo. Mas, pouco a pouco, qualquer coisa a interessou. E, deitada, à luz vermelha do farol, que ia enegrecendo o alto da manga com a fumaça preta, na calma da noite sertaneja, enquanto no quarto vizinho a avó, insone como sempre, mexia as contas do rosário, Conceição ia se embebendo nas descrições de ritos e na descritiva mística, e soletrava os ásperos nomes com que se invocava Deus, pelas terras do mundo.

Até que dona Inácia, ouvindo o cuco do relógio cantar doze horas, resmungou de lá:

— Apaga a luz, menina! Já é meia-noite!

*

Todos os anos, nas férias da escola, Conceição vinha passar uns meses com a avó (que a criara desde que lhe morrera a mãe), no Logradouro, a velha fazenda da família, perto do Quixadá.

Ali tinha a moça o seu quarto, os seus livros, e, principalmente, o velho coração amigo de Mãe Nácia.

Chegava sempre cansada, emagrecida pelos dez meses de professorado; e voltava mais gorda com o leite ingerido à força, resposta de corpo e espírito graças ao carinho cuidadoso da avó.

Conceição tinha vinte e dois anos e não falava em casar. As suas poucas tentativas de namoro tinham-se ido embora com os dezoito anos e o tempo de normalista; dizia alegremente que nascera solteirona.

Ouvindo isso, a avó encolhia os ombros e sentenciava que mulher que não casa é um aleijão...

— Esta menina tem umas ideias!

Estaria com razão a avó? Porque, de fato, Conceição talvez tivesse *umas ideias*; escrevia um livro sobre pedagogia, rabiscara dois sonetos, e às vezes lhe acontecia citar o Nordau ou o Renan da biblioteca do avô.

Chegara até a se arriscar em leituras socialistas, e justamente dessas leituras é que lhe saíam as piores das tais *ideias*, estranhas e absurdas à avó.

Acostumada a pensar por si, a viver isolada, criara para o seu uso ideias e preconceitos próprios, às vezes largos, às vezes ousados, e que pecavam principalmente pela excessiva marca de casa.

2

Encostado a uma jurema seca, defronte ao juazeiro que a foice dos cabras ia pouco a pouco mutilando, Vicente dirigia a distribuição de rama verde ao gado. Reses magras, com grandes ossos agudos furando o couro das ancas, devoravam confiadamente os rebentões que a ponta dos terçados espalhava pelo chão.

Era raro e alarmante, em março, ainda se tratar de gado. Vicente pensava sombriamente no que seria de tanta rês, se de fato não viesse o inverno. A rama já não dava nem para um mês.

Imaginara retirar uma porção de gado para a serra. Mas, sabia lá? Na serra, também, o recurso falta... Também o pasto seca... Também a água dos riachos afina, afina, até se transformar num fio gotejante e transparente. Além disso, a viagem sem pasto, sem bebida certa, havia de ser um horror, morreria tudo.

Uma vaca que se afastava chamou a atenção do rapaz, que deu um grito:

— Eh! Menino, olha a Jandaia! Tange para cá!

E chamando o vaqueiro:

— Você viu, compadre João, como a Jandaia tem carrapato? Até no focinho!

O João Marreca olhou para o animal que todo se pontilhava de verrugas pretas, encaroçando-lhe o úbere, as pernas, o corpo inteiro:

— Tem umas ainda pior... Carece é carrapaticida muito... E as reses assim fracas...

Vicente lastimou-se:

— Inda por cima do verãozão, diabo de tanto carrapato... Dá vontade é de deixar morrer logo!

— Por falar em deixar morrer... O compadre já soube que a dona Maroca das Aroeiras deu ordem pra, se não chover até o dia de São José, abrir as porteiras do curral? E o pessoal dela que ganhe o mundo... Não tem mais serviço pra ninguém.

Escandalizado, indignado, Vicente saltou de junto da jurema onde se encostava:

— Pois eu, não! Enquanto houver juazeiro e mandacaru em pé e água no açude, trato do que é meu! Aquela velha é doida! Mal empregado tanto gado bom!

E depois de uma pausa, fitando um farrapo de nuvem que se esbatia no céu longínquo:

— E se a rama faltar, então, se pensa noutra coisa. Também não vou abandonar meus cabras numa desgraça dessas... Quem comeu a carne tem de roer os ossos...

O vaqueiro bateu o cachimbo num tronco e pigarreou um assentimento. Vicente continuou:

— Do que tenho pena é do vaqueiro dela... Pobre do Chico Bento, ter de ganhar o mundo num tempo destes, com tanta família!...

— Ele já está fazendo a trouxa. Diz que vai pro *Ceará* e de lá embora pro Norte...

Vicente se dirigiu ao seu velho pedrês, enquanto o vaqueiro comentava:

— Nem parece que este bicho come milho todo dia... Já tão descarnado!...

Vicente montou:

— Vocês fiquem por aqui, até acabar. Eu tenho que fazer lá em casa.

Sacudido pela estrada larga do quartau, seguiu rápido, o peito entreaberto na blusa, todo vermelho e tostado do sol, que lá no céu, sozinho, rutilante, espalhava sobre a terra cinzenta e seca uma luz que era quase como fogo.

Chegando em casa, o pai, que fumava numa rede do alpendre, foi-lhe ao encontro:

— Que tal a rama?

— Boa... o gado vai comendo...

— E o carrapato?

— Ah, o carrapato é que está ruim. Meu pai ainda não viu aquelas reses que pastam lá para a lagoa cercada? Faz pena! Vou até mandar buscar mais carrapaticida em Quixadá.

O Major atalhou:

— Em Quixadá não tem pra venda. Pode ser que se encontre um resto é no Logradouro. Domingo, a comadre Inácia banhou o gado dela todo.

O moço foi entrando em casa:

— Então, depois do almoço vou lá.

*

Novamente a cavalo no pedrês, Vicente marchava através da estrada vermelha e pedregosa, orlada pela galharia negra da caatinga morta. Os cascos do animal pareciam tirar fogo nos seixos do caminho. Lagartixas davam carreirinhas intermitentes por cima das folhas secas no chão que estalavam como papel queimado.

O céu, transparente que doía, vibrava, tremendo feito uma gaze repuxada.

Vicente sentia por toda parte uma impressão ressequida de calor e aspereza.

Verde, na monotonia cinzenta da paisagem, só algum juazeiro ainda escapo à devastação da rama; mas em geral as pobres árvores apareciam lamentáveis, mostrando os cotos dos galhos como membros amputados e a casca toda raspada em grandes zonas brancas.

E o chão, que em outro tempo a sombra cobria, era uma confusão desolada de galhos secos, cuja agressividade ainda mais se acentuava pelos espinhos.

*

Quando o rapaz deu de frente com a casa do Logradouro, toda branca, trepada num alto vermelho e nu, viu logo Conceição, no alpendre, resguardando os olhos com a mão em pala e procurando identificar o visitante que chegava na poeira do sol. Ao reconhecer Vicente, enfiou a cabeça pela banda aberta da meia-porta e gritou para a avó, que bilrava lá dentro:

— Mãe Nácia! O Vicente!

A velha chegou, metendo os óculos na caixa. Vicente, apeado, apertava alegremente a mão de Conceição, e dizia:

— Ainda aqui? Eu já fazia você na cidade!

Ela explicava:

— Pedi uma licença de um mês, para ver se a Mãe Nácia, quando se desenganar do inverno, vai comigo.

Vicente voltou-se para dona Inácia, beijou-lhe a mão:

— E o que resolveu, tia Inácia?

— Não sei... por ora... Valha-me Deus! Mas como vai sua gente?

— Tudo bem. Mandaram lembranças.

As redes brancas, armadas das colunas à parede, com as varandas pendentes, ofereciam o seu conchego macio.

Já Vicente sentado, Conceição dizia:

— Que sol horrível! Não sei como não cega a gente... Já estou preta e descascando, só do mormaço.

— Quanto mais eu, que passo o dia a cavalo...

A velha interveio:

— Mas você não é moreno como Conceição. Branco leva sol, fica corado; preto fica cinzento...

Vicente riu; deu um balanço na rede, e falou no que o trouxera ao Logradouro:

— Eu vim aqui para lhe pedir um favor. Soube que a senhora tinha carrapaticida e queria que me cedesse um bocado; o meu gado anda em tempo de cair.

— Quanto você quer?

— Coisa assim de litro a mais.

Dona Inácia saiu, arrastando as chinelas. Vicente virou-se para a prima:

— Domingo atrasado as meninas cansaram de esperar por você!

— Eu até já ia lhe falar nisso. É porque não tive quem fosse comigo. Contava que Mãe Nácia quisesse ir de cadeirinha...

— Pois, no outro domingo, venho buscá-la. Pra você não enganar mais a gente.

Conceição abanou a cabeça:

— Você? Qual! É uma maçada muito grande para quem vive tão ocupado... Só tem tempo de pensar em trabalho... Juro que só veio aqui, hoje, por causa do carrapaticida. Você mesmo não disse, ainda agora?

Ele riu-se, corando:

— E se viesse por causa de alguma pessoa, não perdia meu tempo e minha viagem?

Conceição riu também:

— Muito obrigada! Então vir me ver é perder tempo? Pois deixe estar que no ano que vem eu trago aqui uma porção de moças bonitas para você poder aproveitar as viagens...

Dona Inácia voltava:

— Já mandei um moleque arrumar um jumento pra levar as garrafas. E agora me diga, meu filho: por que vocês não dão notícias? Parece que estão do outro lado do mar!...

Vicente apontou a prima:

— Por culpa da Conceição, que vive prometendo passar um dia lá em casa e nunca vai. A gente, esperando por ela, deixa de vir.

A moça atalhou:

— Deixe de história! Eu só falei em ir lá no domingo passado.

Chegou uma cunhã com o café. E a conversa continuou a correr animada, enquanto a velha, que mandara trazer a almofada para o alpendre, trabalhava, trocando os bilros com ruído.

*

Quando Vicente se despediu, e montou ligeiro no cavalo que arrancou de galope, Conceição estirou-se na rede e ficou olhando o vulto branco que a poeira ruiva envolvia, até o ver se sumir atrás de um grupo de umarizeiras da várzea.

Todo o dia a cavalo, trabalhando, alegre e dedicado, Vicente sempre fora assim, amigo do mato, do sertão, de tudo o que era inculto e rude. Sempre o conhecera querendo ser vaqueiro como um caboclo desambicioso, apesar do desgosto que com isso sentia a gente dele.

E a moça lembrou-se de certa vez, em casa do Major, no dia em que se inaugurou o gramofone, e as meninas, e ela própria, que também estava lá, puseram-se a dançar. Os pares eram o filho mais velho da casa — hoje casado e promotor no Cariri — e dois outros rapazes, colegas dele, que tinham vindo passar as férias no sertão.

Mal começou a dança, entrou Vicente, encourado, vermelho, com o guarda-peito encarnado desenhando-lhe o busto forte e as longas perneiras ajustadas ao relevo poderoso das pernas. A Conceição pareceu que uma rajada de saúde e de força invadia subitamente a sala, purificando-a do falsete agudo do gramofone, das reviravoltas estilizadas dos dançarinos.

Mas a mãe dele, que sentada ao sofá apreciava a dança, vendo-o, enxergou apenas o contraste deprimente da rudeza do filho com o pracianismo dos outros, de cabelo empomadado, calças de vinco elegante e camisa fina por baixo da blusa caseira.

Já Vicente enlaçava a prima que, rindo, saiu dançando orgulhosa do cavalheiro, enquanto, na sua ponta de sofá, a pobre senhora sentiu os olhos cheios de lágrimas, e ficou chorando pelo filho tão bonito, tão forte, que não se envergonhava da diferença que fazia do irmão doutor e teimava em não querer "ser gente"...

Passados porém alguns anos, já agora a velha senhora se conformava em não fazer de Vicente um doutor, e trazia-o ciumentamente preso a si, e o mimava a tal ponto, que fazia as irmãs protestarem:

— Credo! Para mamãe, o Cente é mais mimoso do que mesmo o caçula!...

Talvez fosse; pelo menos, era bem mais dela e do marido do que o Paulo, o bacharel.

Esse, ainda acadêmico, noivara com uma mocinha de Fortaleza, que os velhos só conheceram depois do casamento, casara e vivia lá para o Cariri, forçadamente egoísta, unicamente dedicado à mulher e à sogra, achando a vida do sertão "uma ignomínia", "um degredo", e tendo como única ambição um emprego público na capital.

Conceição compreendera bem esse sentimento na última vez em que conversara com a velha prima de Mãe Nácia sobre a vida dos filhos.

Estavam as duas na janela do curral e Vicente vinha se aproximando com um copo de leite para a moça.

Conceição perguntara:

— Tia Idalina, que notícias tem dado o Paulo?

— Boas... Vai muito bem, graças a Deus...

Vicente, que talvez por não ter estudado não perdia ocasião de troçar dos doutores, zombou:

— É o seu doutor promotor de Santa Ana... Almoça auto e janta libelo... Que o ordenado só dá pro fraque da sessão...

Dona Idalina atalhou:

— História! Sempre dá, e vão vivendo. Falam até em obter transferência para Fortaleza, ou alguma colocação no Rio.

E mais baixo, passando a mão pelo cabelo de Vicente que, do lado de fora, lhe encostara a cabeça ao ombro:

— Aquele está perdido para mim...

*

Dona Inácia interrompeu a cisma da neta:

— Conceição, minha filha, vem me ajudar a levantar este papelão da almofada.

3

O! Meu boi! Ô lá, meu boi, ê!
Meu boi manso! Ô ê! Ê... ê... ê...

Encostado ao mourão da porteira de paus corridos, o vaqueiro das Aroeiras aboiava dolorosamente, vendo o gado sair, um a um, do curral.

A junta de bois mansos passou devagarinho.

O velho touro da fazenda saiu, arrogante. Garrotes magros, de grandes barrigas, empurravam as vacas de cria, atropelando-se. Até que a derradeira rês, a Flor do Pasto, fechando a marcha, também transpôs a porteira e passou junto de Chico Bento que lhe afagou com a mão a velha anca rosilha, num gesto de carinho e despedida.

Da janela da cozinha, as mulheres assistiam à cena. Choravam silenciosamente, enxugando os olhos vermelhos na beira dos casacos ou no rebordo das mangas.

Saída a última rês, Chico Bento bateu os paus na porteira e foi caminhando devagar, atrás do lento caminhar do gado, que marchava à toa, parando às vezes, e pondo no pasto seco os olhos tristes, como numa agudeza de desesperança.

Algumas reses, sem ir mais longe, começavam a babujar a poeira do panasco que ainda palhetava o chão nas clareiras da caatinga.

Outras, mais tenazes, seguiam cabisbaixas, na mesma marcha pensativa, a cauda abanando lentamente as ancas descarnadas.

Chico Bento parou. Alongou os olhos pelo horizonte cinzento. O pasto, as várzeas, a caatinga, o marmeleiral esquelético, era tudo de um cinzento de borralho.

O próprio leito das lagoas vidrara-se em torrões de lama ressequida, cortada aqui e além por alguma pacavira defunta que retorcia as folhas empapeladas.

Depois olhou um garrotinho magro que, bem pertinho, mastigava sem ânimo uma vergôntea estorricada.

E ao dar as costas, rumo à casa, de cabeça curvada como sob o peso do chapéu de couro, sentindo nos olhos secos pela poeira e pelo sol uma frescura desacostumada e um penoso arquejar no peito largo, murmurou desoladamente:

— Ô sorte, meu Deus! Comer cinza até cair morto de fome!

*

A velha casa de taipa negrejava ao sol o telhado de jirau. Na latada, coberta de folhas secas, o cachorro cochilava ao calor do mormaço.

Chico Bento entrou, no mesmo passo lento, a modo que curvado sob a cruz de remendos que ressaltava vivamente, como um agouro, nas costas desbotadas da velha blusa de mescla.

Foi direto a um caritó, ao canto da sala da frente, e tirou de sob uma lamparina, cuja luz enegrecera a parede com uma projeção comprida de fumaça, uma carta dobrada. E como quem vai reler uma sentença que executou, para se livrar da responsabilidade e do remorso, ele penosamente mais uma vez decifrou a letra do administrador, sobrinho de dona Maroca:

Minha tia resolveu que, não chovendo até o dia de São José, você abra as porteiras e solte o gado. É melhor sofrer logo o prejuízo do que andar gastando dinheiro à toa em rama e caroço, pra não ter resultado. Você pode tomar um rumo ou, se quiser, fique nas Aroeiras, mas sem serviço da fazenda.

Sem mais, do compadre amigo...

Longamente ficou o vaqueiro olhando aquelas letras que exprimiam tanta desgraça.

Depois dobrou o papel, tornou a pô-lo no lugar, puxando o braço vivamente como se se libertasse, livrando-se do temor supersticioso que lhe travava as mãos, porque uma carta daquelas lhe parecia coisa amaldiçoada.

Lá fora, um menino fazia o cachorro ganir, cutucando-o com uma varinha. E gritava entre risadas:

— Diabo ruim! Pisca! Limpa-Trilho! Pisca!

O cachorro pulou. E menino e cão saíram correndo pelo terreiro varrido, levantando redemoinhos de poeira. Chico Bento, deixando que explodisse na brutalidade do berro a opressão que o angustiava desde manhãzinha, assomou à janela, congesto, a mão enfurecida cortando o ar:

— Limpa-Trilho! Josias! Pra dentro, seus sem-vergonha!

4

Quando Vicente foi chegando em casa, de volta do Logradouro, a família toda cercava uma ovelha de lã avermelhada pela poeira e eriçada de garranchinhos e folhas secas, que estirada no chão, toda entanguida, tremia, com as pernas duras e os olhos vidrados:

— Salsa, não foi?

Dona Idalina levantou o corpo curvado, gesticulando com o vidro de arnica:

— Mas, menino, por que você não faz a criação pastar fora do pátio? Não sabe que lá só tem é salsa? Esta bichinha desde de manhã deve estar assim, junto do riacho. E só agora foi que o compadre João achou e trouxe...

A marrã se esticava mais, querendo morrer, com os olhos sanguinolentos girando, esbugalhados.

Vicente olhava, de braços cruzados, vendo a pobrezinha morrer sem resistência, só naquela aflição, naquela agonia de quem quer lutar e não pode.

Um momento, e a marrã inteiriçou-se mais, procurando erguer a cabeça num esforço penoso, mas depois a abateu pesadamente no ladrilho.

Alice, a filha mais nova da casa, que se ajoelhara no chão, gritou:

— Morreu!

Vicente afastou-se e chamou o João Marreca, que de longe, a cavalo na cerca do curral, assistia à cena:

— Compadre João, leve para o curral de lá, e tire o couro.

Alice correu para o irmão e agarrou-lhe o braço, pedindo:

— Depois você manda curtir pra mim, não manda, Cente? A bichinha tão bonitinha, tão lanzuda! Dá pra fazer um tapete, ou uma manta de sela!

Vicente riu-se, deu-lhe um tapa leve no rosto:

— Que manta! Quem já viu se fazer manta de couro de ovelha!?...

*

No poente avermelhado, um vulto preto se desenhou.

Depois, o cavalo e o cavaleiro foram-se destacando na sombra escura que avançava.

Ao chouto duro do cavalo, o cavaleiro subia e descia na sela, desengonçadamente, numa indiferença de macaco pensativo que se agacha num encontro de galhos e ali fica, deixando que o vento o empurre e sacuda à vontade.

Era o Chico Bento. O cavalo parou debaixo do pau-branco seco que fazia as vezes de sombra. O dono apeou, com a mesma indolência desajeitada, tirou o cabresto de baixo da capa da sela e amarrou o animal no tronco.

Vicente, sentado numa rede, o cigarro entre as mãos, via-o chegar. E respondendo à saudação tartamudeada do caboclo:

— Boa tarde, compadre. Abanque-se!

O vaqueiro sentou-se num banco de pau, junto ao parapeito.

Vinha fazer um negócio... umas resinhas que ele tinha nas Aroeiras e queria vender...

— Então é verdade que você vai-se embora?

O caboclo alongou tristemente a voz lamentosa:

— Inhor sim... A dona mandou soltar o gado... Hoje mesmo abri as porteiras...

— E, pelo que ouvi dizer, você ainda esperou uma semana... Hoje é 25...

— Me esperancei que inda chovesse depois do São José... Mas qual!

Vicente baixou a cabeça, pensativo.

Depois, subitamente, fugindo à ideia que o preocupava:

— Quantas reses você tem para o negócio?

— Um boiote, uma vaca solteira e um garrote. Tem mais a minha roupa de couro que eu queria que o compadre ficasse com ela. É toda de couro de capoeiro, sem um rasgo que seja...

— Quanto você quer por isso?

— Pela roupa o compadre podia me dar vinte mil-réis...

— E pelas reses?

— Pelas reses me dê, alto e mal, quarenta mil-réis por cabeça... É mesmo que lhe dar dado...

— Quarenta mil-réis é caro. O gado no Quixadá está a vinte e cinco e trinta mil-réis.

O vaqueiro levantou o chapéu de couro, derreado no pescoço, e coçou a nuca:

— Se o compadre Vicente quisesse fazer uma troca... Me dava um animal de carga e uma volta em dinheiro... Porque um burro já será mais fácil de vender depois...

Vicente falou lentamente, no vaivém do balanço:

— É... aliás eu não devia andar comprando gado agora... Mas vamos ao curral para você ver os animais que eu tenho. Nas suas reses há alguma raceada?

— A vaca e o boiote são filhos do turino velho.

— Pois vamos ver os burros. Você não há de querer fazer o negócio no escuro...

Afastaram-se para o curral. Marchando ambos de par, junto da robustez desempenada de Vicente, o vulto curvado de Chico Bento parecia mais corcunda e mais triste, como uma interrogação lastimosa.

Quando o vaqueiro montou novamente, o rapaz disse, a modo de despedida:

— Pois de manhãzinha bem cedo mande o rapaz buscar o animal e a ordem do dinheiro para o Zacarias da Feira.

Chico Bento saiu já com escuro. Lentamente o balançava o chouto largo do cavalo.

Ia e vinha na larga sela de campo, de arção redondo e grandes capas bordadas.

Pensava na troca. Umas reses tão famosas! Por um babau velho e cinquenta mil-réis de volta! O que é a gente estar na desgraça...

Entrando na sala de jantar, Vicente encontrou todos à mesa.

O Major indagou do negócio e o rapaz principiou a contar o que tinha feito.

Dona Idalina o interrompeu:

— Mas, criatura de Deus, o que é que você vai fazer com mais gado? Acha pouco o que já está no trato?

Vicente parou de machucar o mungunzá:

— Ora, mamãe, o pobre morrendo de precisão! Além disso, é gado de raça, filho do Hereford velho das Aroeiras... Garanto que escapa tudo...

O Major, mexendo o café, aprovou:

— Gadão bom... famoso... Conheço muito. Fez bem, meu filho. Escapa!

5

Agora, ao Chico Bento, como único recurso, só restava arribar.

Sem legume, sem serviço, sem meios de nenhuma espécie, não havia de ficar morrendo de fome, enquanto a seca durasse.

Depois, o mundo é grande e no Amazonas sempre há borracha...

Alta noite, na camarinha fechada que uma lamparina moribunda alumiava mal, combinou com a mulher o plano de partida.

Ela ouvia chorando, enxugando na varanda encarnada da rede os olhos cegos de lágrimas.

Chico Bento, na confiança do seu sonho, procurou animá-la, contando-lhe os mil casos de retirantes enriquecidos no Norte.

A voz lenta e cansada vibrava, erguia-se, parecia outra, abarcando projetos e ambições. E a imaginação esperançosa aplanava as estradas difíceis, esquecia saudades, fome e angústias, penetrava na sombra verde do Amazonas, vencia a natureza bruta, dominava as feras e as visagens, fazia dele rico e vencedor.

Cordulina ouvia, e abria o coração àquela esperança; mas correndo os olhos pelas paredes de taipa, pelo canto onde na redinha remendada o filho pequenino dormia, novamente sentiu um aperto de saudade, e lastimou-se:

— Mas, Chico, eu tenho tanta pena da minha barraquinha! Onde é que a gente vai viver, por esse mundão de meu Deus?

A voz dolente do vaqueiro novamente se ergueu em consolações e promessas:

— Em todo pé de pau há um galho mode a gente armar a tipoia... E com umas noites assim limpas até dá vontade de se dormir no tempo... Se chovesse, quer de noite, quer de dia, tinha carecido se ganhar o mundo atrás de um gancho?

Cordulina baixava a cabeça. Chico Bento continuou a falar.

O animal trocado com Vicente chegava de manhãzinha. Iria nele até o Quixadá, ver se arranjava as passagens de graça que o governo estava dando.

Recebendo o dinheiro do Zacarias da Feira, se desfazendo da burra e matando as criaçõezinhas que restavam, para comerem em caminho, que é que faltava? Nem trem, nem comida, nem dinheiro...

Cordulina levantou-se para balançar o menino que acordou chorando.

Era madrugada. Passarinhos desafinados, no pé de turco espinhento do terreiro, cantavam espaçadamente. A barra do dia foi avermelhando o céu. Os golinhas continuaram a cantar com mais força.

A mulher enfiou a saia e o casaco e foi cuidar no café.

Chico Bento ficou só. Tinha-se deixado estar na rede, sentado, as mãos pendentes, descansando os pulsos nos joelhos, o pensamento vagando numa confusa visão de boa ventura e fortuna.

Pouco a pouco, porém, com a luz do dia que entrava pelas frinchas da camarinha, a névoa otimista foi-se adelgaçando, e se foi sumindo a onda aquecedora de entusiasmo; e do projeto ambicioso só lhe ficou, triste e aguda, a melancolia do desterro próximo.

Sonolenta, ainda, a meninada se levantava, esfregando os olhos, espreguiçando-se em bocejos rasgados, em longas distensões que lhes salientavam o relevo das costelas.

O mais velho saiu logo para o curral e, passando pela porta da camarinha, gritou:

— Papai! Já vou levar o gado do homem!

Chico Bento meteu os pés, estremunhando como quem acorda:

— Ah, sim! Tá na hora...

A manhã era fria, quase nevoenta.

O meninote abriu a porteira e tangeu as reses, que saíram devagarinho.

Levantou o chapéu e a mão, tomando a bênção.

O pai mastigou um "Deus te acompanhe" e ficou vendo-o ir-se, assoviando, ligeiro, pelo trilho pedregoso.

*

A burra da troca não era bem um babau velho, como Chico Bento vinha dizendo em caminho, na tarde do negócio.

Era nova, coiceira, e ainda carnuda.

O menino vinha montado em osso, quase na garupa, num galope baixo e sacudido.

Chico Bento recebeu-a, examinou-lhe as manchas do pelo, para ver se era sinal ou pisadura mal sarada. Bateu-lhe no lombo e o animal encolheu-se. Retificou o nó do cabresto, e, voltando-se para o menino, já quase dentro de casa:

— Venha tomar seu café e depois sele a burra, que eu careço de ir no Quixadá.

*

Mas foi em vão que Chico Bento contou ao homem das passagens a sua necessidade de se transportar a Fortaleza com a família. Só ele, a mulher, a cunhada e cinco filhos pequenos.

O homem não atendia.

— Não é possível. Só se você esperar um mês. Todas as passagens que eu tenho ordem de dar já estão cedidas. Por que não vai por terra?

— Mas meu senhor, veja que ir por terra, com esse magote de meninos, é uma morte!

O homem sacudiu os ombros:

— Que morte! Agora é que retirante tem esses luxos... No 77 não teve trem para nenhum. É você dar um jeito, que, passagens, não pode ser...

Chico Bento foi saindo.

Na porta, o homem ainda o consolou:

— Pois se quiser esperar, talvez se arranje mais tarde. Imagine que tive de ceder cinquenta passagens ao Matias Paroara, que anda agenciando rapazes solteiros para o Acre!

Na loja do Zacarias, enquanto matava o bicho, o vaqueiro desabafou a raiva:

— Desgraçado! Quando acaba, andam espalhando que o governo ajuda os pobres... Não ajuda nem a morrer!

O Zacarias segredou:

— Ajudar, o governo ajuda. O preposto é que é um ratuíno... Anda vendendo as passagens a quem der mais...

Os olhos do vaqueiro luziram:

— Por isso é que ele me disse que tinha cedido cinquenta passagens ao Matias Paroara!...

— Boca de ceder! Cedeu, mas foi mão pra lá, mão pra cá... O Paroara me disse que pouco faltou pro custo da tarifa... Quase não deu interesse...

Chico Bento cuspiu com o ardor do mata-bicho:

— Cambada ladrona!

*

Cordulina remendava uns panos, quando o vaqueiro chegou. Pelo jeito dele, conheceu logo que o negócio tinha ido mal. Furioso, cuspindo, descompunha a burra enquanto tirava os arreios:

— Diaba do chouto duro como o cão! Pior que o alazão velho da fazenda!

A mulher levantou-se, afastando um menino que lhe repuxava as abas do casaco, pedindo mama. Gritou para a irmã, que estava lá na cozinha:

— Ô Mocinha! Vê se tu dás um pirão de peixe a este menino que anda em tempo de me comer os peitos!

Depois, indo para o marido:

— Como se foi, Chico? Trouxe o dinheiro e as passagens?

— Que passagens! Tem de ir tudo é por terra, feito animal! Nesta desgraça quem é que arranja nada! Deus só nasceu pros ricos!

Cordulina viu pelo bafo do marido e pela fúria das apóstrofes, tão desacostumadas no seu natural sossegado, que ele tinha bebido demais. E interpelou-o:

— Mas, Chico, pra que é que você toma, quando vai no Quixadá? Toda vez que vem de lá é nesse jeito!

— Besteira, mulher!... Tomei nada! Matei o bicho! A vontade que eu tinha era estar mesmo bebinho, pra me esquecer de tudo quanto é desgraça!...

6

No trem, na estação de Quixadá, Conceição, auxiliada por Vicente, ia acomodando dona Inácia. A cesta de plantas debaixo do banco. Uma maleta cheia de santos ali ao lado.

Dona Inácia fazia questão de trazer os santos junto a si, com medo de que no carro de bagagens algum irreverente se sentasse em cima.

Chegou a despedida.

— Adeus, Vicente. Diga às meninas que escrevo, assim que chegue. Dê um abraço muito grande em tia Idalina.

— Cadê o abraço?

Ela riu-se e abraçou-o:

— Tome! Leve direito!...

— Acho que acabo é ficando com ele... A gente vai sentir tanta saudade de você!

Conceição aproveitou o momento para reiterar o convite tantas vezes feito:

— Por que não vão lá para casa, passar uns dias?

— Quem pode! Só se deixasse aqui tudo morrendo... Não sei se posso nem ir ver vocês, de carreira...

— Dê um jeito... você querendo, dá. E leve ao menos uma das meninas.

A sineta bateu, a máquina apitou forte.

Dona Inácia alarmou-se:

— Salte, meu filho! O trem já vai embora!

Vicente já estava na plataforma.

De fora, beijou a mão da tia e apertou ainda uma vez a de Conceição; o trem marchava devagarinho.

À janela, a moça acenava com a mão, depois com o lenço, que vibrava como uma asa fugitiva, voando para longe.

Vicente correspondia, sacudindo, num grande gesto de adeus, seu largo chapéu de massa.

Já o horário corria, e Conceição ficou vendo ainda o primo, alto e isolado, na plataforma.

Depois, o carro foi entrando numa curva; sumiu-se o vulto amigo, sumiu-se a estação, e o trem continuou a correr, no meio dos serrotes de pedra que asfixiam a cidade.

Dona Inácia enxugava os olhos vermelhos, que teimosamente insistiam em lacrimejar.

Conceição passou-lhe a mão pelo ombro, ralhando carinhosa:

— Que é isso, Mãe Nácia, ainda chorando? Pois achou pouco toda a noite, a despedida, a visita à tia Idalina, a viagem na cadeirinha? Os olhos ainda não cansaram?

O lenço branco, feito uma bola, agitado pela mão tremente da velha, continuava a friccionar os olhos lacrimosos:

— Deixar tudo assim, morrendo de fome e de seca! Fazia vinte e cinco anos que eu não saía do Logradouro, a não ser para o Quixadá!...

*

Conceição mal acreditava ter conseguido convencer a avó da necessidade daquela viagem.

Dona Inácia se apegara a tudo que a pudesse reter no sertão, rabujou, zangou-se, gritou que faria como quisesse, que não iria, não iria, não iria!

Mas haveria de ficar sozinha na fazenda, durante todo o horror da seca, sem um filho, sem uma filha, sem ninguém?

Conceição empregou a meiguice, a súplica, o que pôde. Lembrou até a perspectiva alarmante de um assalto, ali, naquele fim de mundo, quando a miséria da seca enlouquecesse as criaturas...

A velha, embora meio vencida, ainda invocou o pretexto de precisar ficar dirigindo o trato do gado. Suas vacas, seus garrotinhos, careciam dela!

Conceição lembrou, então, uma retirada para o pedaço de terra que tinha na serra de Baturité.

O vaqueiro, interrogado, concordou. Retirar, sempre era melhor... Ele iria levando o gado, devagarinho, por causa das vacas de bezerro... Madrinha Inácia, da cidade, teria o cuidado de mandar de vez em quando umas arrobas de caroço de algodão, para ajudar o trato... Na serra poderia ser até que escapasse muito...

Numa manhã de segunda-feira o gado saiu.

E afinal, quinze dias depois, Conceição conseguia arrastar Mãe Nácia, que, desolada e chorando, era como uma velha estátua a quem roubam do pedestal, e carregam atabalhoadamente, na confusão de uma mudança feita às pressas.

Sua vista nublada se perdia naquele horizonte há tantos anos esquecido.

A fumaça do trem escurecia o céu transparente, num arremedo de nuvens. De um e de outro lado, a mata parecia esgalhamentos de carvão sobre um leito de cinzas.

E o comboio, entrando numa curva, sibilando e rugindo, era como uma cobra que fugisse sobre o borralho ainda quente de uma coivara.

A mão trêmula da velha tateou o bolso da saia, procurando o rosário.

A neta percebeu o movimento e leu-lhe nos olhos a aflição e a ansiedade:

— Que é que tem, Mãe Nácia? Esqueceu-se de alguma coisa?

— Não... quero só rezar um bocadinho para ver se sossego este coração...

7

O pequeno ia no meio da carga, amarrado por um pano aos cabeçotes da cangalha.

De vez em quando, levava a mãozinha aos olhos, e fazia *rah! rah! ah! ah!* numa enrouquecida tentativa de choro.

Cordulina chegava-se à burra para o consolar, ajeitava-lhe o chapéu de pano na cabeça, até que um dos menores gritava:

— Olha, mãe! Os pés da zabelinha! Olha o coice!

Chico Bento fechava a marcha, com o cacete ao ombro, do qual pendia uma trouxa.

Mocinha, de vestido engomado, também levava sua trouxa debaixo do braço, e na mão, os chinelos vermelhos de ir à missa.

O sol ia esquentando. De cima da cangalha, o menino chorou com mais força, debatendo-se, até que Cordulina o retirou, com medo de uma queda.

Pô-lo no quarto; logo uma briga se armou entre os outros, num assalto aceso ao lugar na cangalha; na balbúrdia da disputa, eles se confundiam e só se podia distinguir, de momento a momento, um murro, um rasgão, e nuvens de poeira.

Chico Bento, intervindo, trepou o menor. E os outros, por trás do pai, vingavam-se, estirando a língua, com gestos insultuosos mas perdidos porque o cavaleiro não os via, mergulhado na alegria de sua vitória.

Súbito, sua vozinha estridulou num grito comovido:

— Olha a Rendeira!

E apontava para uma vaca pintada de preto e branco, que, magra e quieta à beira da estrada, parecia esperar a família fugitiva para uma derradeira despedida.

Cordulina recomeçou a chorar; o próprio Chico Bento passou rapidamente a manga pelo rosto.

A Rendeira fitou em todos os seus grandes olhos dolorosos, donde escorria uma lista clara sobre o focinho escuro, como um caminho de lágrimas.

Só Mocinha olhou a rês com indiferença, ajeitou na mão as chinelas, e continuou a andar no seu passo macio, tão rápido e leve que mal esmagava os torrões quebradiços do chão.

*

Na primeira noite, arrancharam-se numa tapera que apareceu junto da estrada, como um pouso que uma alma caridosa houvesse armado ali para os retirantes.

O vaqueiro foi aos alforjes e veio com uma manta de carne de bode, seca, e um saco cheio de farinha, com quartos de rapadura dentro.

Já as mulheres tinham improvisado uma trempe e acendiam o fogo. E a carne foi assada sobre as brasas, chiando e estalando o sal. Pondo na boca o primeiro pedaço, Chico Bento cuspiu:

— Ih! Sal puro! Mesmo que pia!

Mocinha explicou:

— Não tinha água mode lavar...

Sem se importarem com o sal, os meninos metiam as mãos na farinha, rasgavam lascas de carne, que engoliam, lambendo os dedos.

Cordulina pediu:

— Chico, vê se tu arranja uma aguinha pro café...

Apesar da fadiga do longo dia de marcha, Chico Bento levantou-se e saiu; a garganta seca e ardente, parecendo ter fogo dentro, também lhe pedia água.

Os meninos, passado o furor do apetite, exigiam com força o que beber; gemiam, pigarreavam, engoliam mais farinha, ou lambiam algum taco de rapadura, entretendo com o doce a garganta sedenta.

Pacientemente, a mãe os consolava:

— Esperem aí, seu pai já vem...

Em meia hora, realmente, ele chegou, com a cabaça cheia duma água salobra que arranjara a quase um quilômetro de distância.

O Josias, que era o que mais se lastimava e mais tossia, correu para o pai, tomou-lhe a vasilha da mão e colando às bordas a boca sôfrega, em sorvos lentos, deliciados, sugou a água tão esperada; mas os outros, avançando, arrebataram-lhe a cabaça.

Aflita, Cordulina interveio:

— Seus desesperados! Querem ficar sem café?

*

Os três dias de caminhada iam humanizando Mocinha.

O vestido, amarrotado, sujo, já não parecia *toilette* de missa. As chinelas baianas dormiam no fundo da trouxa, sem mais saracoteios nos dedos da dona. E até levava escanchado ao quadril o Duquinha, o caçula, que, assombrado com a burra, chorava e não queria ir na cangalha.

Chico Bento troçava:

— Hein, minha comadre! Botou o luxo de banda...

*

Debaixo de um juazeiro grande, todo um bando de retirantes se arranchara: uma velha, dois homens, uma mulher nova, algumas crianças.

O sol, no céu, marcava onze horas. Quando Chico Bento, com seu grupo, apontou na estrada, os homens esfolavam uma rês e as mulheres faziam ferver uma lata de querosene cheia de água, abanando o fogo com um chapéu de palha muito sujo e remendado.

Em toda a extensão da vista, nem uma outra árvore surgia. Só aquele velho juazeiro, devastado e espinhento, verdejava a copa hospitaleira na desolação cor de cinza da paisagem.

Cordulina ofegava de cansaço. A Limpa-Trilho gania e parava, lambendo os pés queimados.

Os meninos choramingavam, pedindo de-comer.

E Chico Bento pensava: "Por que, em menino, a inquietação, o calor, o cansaço sempre aparecem com o nome de fome?"

— Mãe, eu queria comer... me dá um taquinho de rapadura!

— Ai, pedra do diabo! Topada desgraçada! Papai, vamos comer mais aquele povo, debaixo desse pé de pau?

O juazeiro era um só. O vaqueiro também se achou no direito de tomar seu quinhão de abrigo e de frescura.

E depois de arriar as trouxas e aliviar a burra, reparou nos vizinhos. A rês estava quase esfolada. A cabeça inchada não tinha chifres. Só dois ocos podres, malcheirosos, donde escorria uma água purulenta.

Encostando-se ao tronco, Chico Bento se dirigiu aos esfoladores:

— De que morreu essa novilha, se não é da minha conta?

Um dos homens levantou-se, com a faca escorrendo sangue, as mãos tintas de vermelho, um fartum sangrento envolvendo-o todo:

— De mal dos chifres. Nós já achamos ela doente. E vamos aproveitar, mode não dar para os urubus.

Chico Bento cuspiu longe, enojado:

— E vosmecês têm coragem de comer isso? Me ripuna só de olhar...

O outro explicou calmamente:

— Faz dois dias que a gente não bota um de-comer de panela na boca...

Chico Bento alargou os braços, num gesto de fraternidade:

— Por isso, não! Aí nas cargas eu tenho um resto de criação salgada que dá para nós. Rebolem essa porqueira pros urubus, que já é deles! Eu vou lá deixar um cristão comer bicho podre de mal, tendo um bocado no meu surrão!

Realmente a vaca já fedia, por causa da doença.

Toda descarnada, formando um grande bloco sangrento, era uma festa para os urubus vê-la, lá de cima, lá da frieza mesquinha das nuvens. E para comemorar o achado executavam no ar grandes rondas festivas, negrejando as asas pretas em espirais descendentes.

*

E o bode sumiu-se todo...

Cordulina assustou-se:

— Chico, que é que se come amanhã?

A generosidade matuta que vem na massa do sangue, e florescia no altruísmo singelo do vaqueiro, não se perturbou:

— Sei lá! Deus ajuda! Eu é que não havera de deixar esses desgraçados roerem osso podre...

8

Vicente fumava, à janela. Onze horas, meia-noite, sabia lá?

Quem pensa e fuma, depressa esquece o mundo, as horas e até o céu todo cheio de estrelas que brilham à toa, sem se preocuparem com o tempo que corre e com a manhã próxima que lhes virá apagar o lume e as arrancar da cisma...

Uma multidão de coisas tumultuosas, desconhecidas, o alvoroçava — confusas recordações, uma espécie de doce saudade.

Uma vontade obscura e incerta de ascender, de voar! Um desejo de se introduzir a grandes passos na imensa treva da noite, e a atravessar, e a romper, esquecido das lutas e trabalhos, e penetrar num vasto campo luminoso onde tudo fosse beleza, e harmonia, e sossego.

Desejo de se integrar numa natureza diferente daquela que o cercava, de crescer, de subir, de bracejar num emaranhado de ramos, de se sentir envolto em grandes flores macias, de derramar seiva, a seiva viva e forte que o incandescia e tonteava.

Mas o cansaço o amolentava.

Recordando a labuta do dia, o que o dominava agora era uma infinita preguiça da vida, da eterna luta com o sol, com a fome, com a natureza.

E sua cabeça desamparada, que procurava auscultar o negrume e o silêncio noturnos, caiu sobre o umbral, procurando um asilo, um apoio.

O cigarro o envolvia em branco nevoeiro; Vicente foi recordando sua vida de trabalho ininterrupto, desde os quinze anos — trabalho de sol a sol, sem descanso e quase sem recompensa...

Quantas vezes não sentira um movimento de revolta, quando via o pai mandar aumentar com custo, quase com sacrifício, a mesada do irmão acadêmico, e dar-lhe extraordinários para festas, para sabe lá que bambochatas de estudantes, disfarçadas em livros e matrículas...

Então, porque não quisera estudar, estaria eternamente obrigado a esse papel paciente e sofredor que agora o revoltava?

Onde ficava afinal o mérito superior do Paulo, que o colocava tão alto no conceito da família, que punha sob o bigode branco do Major um sorriso desvanecido, quando dizia, numa conversa:

— O meu filho, o doutor...

Seria por suportar com mais paciência a maçada das aulas, onde um velho pedante disserta, por se enfrascar com inexplicável interesse em leituras difíceis, que só de recordá-las sentia calafrios de preguiça e de tédio?

E o seu esforço constante, sua energia, sua saúde, e sua alma que nunca suportou a servidão a uma disciplina ou a um professor, que não admitia que o mandassem agir e que o mandassem pensar... não valeriam muito mais que um interesse estéril de juristas por abstrações, ou o quase culto do servilismo em que o Paulo se comprazia, quando estudante, servilismo de aluno pelo mestre; depois de formado, o mestre fora substituído pelo juiz, de quem suportava as anedotas e a carranca, de quem comia os jantares, a quem namorava a filha, visando apenas promoção, prestígio...

Então ser superior é renunciar ao seu feitio e à sua vontade, e, recortando todo o excesso de personalidade, amoldar-se à forma comum dos outros?

Decerto era esse o segredo...

E por isso, porque o compreendera, parecia que o Paulo tinha escolhido a melhor parte...

Pois até para o próprio Vicente, a existência do irmão se revestia de um verniz superior e misterioso, que lhe provocava um sentimento de curiosidade e vago despeito...

Recordava sua obscura irritação ao ouvir Paulo fazer referência a certas mulheres que ele nunca vira, a meios em que nunca se aventurara, receando que sua grossa casca de matuto destoasse demais, ou rudemente se chocasse com a delicada sofisticação do ambiente do outro...

E toda sua vida de prazeres primitivos e ingênuos, seus amores quase rústicos, sempre lhe apareciam diante de Paulo como qualquer coisa de grosseiro e inferior...

Só Conceição, com o brilho de sua graça, alumiava e floria com um encanto novo a rudeza de sua vida.

De começo, o intimidara. Supôs que o visse com o mesmo olhar de superioridade meio compassiva usado pelo irmão, quando falava em sua existência de citadino *blasé*, e aludia às suas preocupações intelectuais. E no seu orgulho áspero, como uma porta hostil que se fecha, fechou-se a qualquer intimidade com a prima, doendo-lhe que ela também o julgasse incapaz de uma sensação delicada, de um mais alto interesse nesta vida, que não fosse vaquejar ou nadar.

Só pouco a pouco foi verificando que a prima o fitava com grandes olhos de admiração e carinho; considerava-o, decerto, um ente novo e à parte; mas à parte como um animal superior e forte, ciente dessa sua força, desdenhosamente ignorante das sutilezas em que se engalfinham os outros, amesquinhados de intrigar, amarelecidos de tresler...

Foi-lhe grato por essa simpatia. Perdeu com ela a timidez receosa que o entravava. E abriu-lhe o seu coração de menino crescido depressa demais, onde dormia, concentrada, muita energia desconhecida, muita força primitiva e virgem.

Havia de ser quase um sonho ter, por toda a vida, aquela carinhosa inteligência a acompanhá-lo. E seduzia-o mais que tudo a novidade, o gosto de desconhecido que lhe traria a conquista de Conceição, sempre considerada superior no meio das outras, e que se destacava entre elas como um lustro de seda dentro de um confuso montão de trapos de chita.

No entanto, agora, Conceição estava bem longe.

Separava-os a agressiva miséria de um ano de seca; era preciso lutar tanto, e tanto esperar para ter qualquer coisa de estável a lhe oferecer!

Teve um súbito desejo de emigrar, de fugir, de viver numa terra melhor, onde a vida fosse mais fácil e os desejos não custassem sangue.

Mas logo lhe veio a lembrança dos pais, tão velhinhos, que tudo esperavam dele; evocou o que seria o desamparo da fazenda, vazia de seu esforço; o gado abandonado, tudo paralisado e morto; e pensou no seu isolamento na terra longínqua, no vácuo doloroso de afeições em que se iria debater o seu coração exilado.

O desejo esboçado extinguiu-se; a cabeça desolada novamente se abateu na ombreira; e o coração, envergonhado, entregou-se a um momento de desesperança e fraqueza.

*

Na noite preta uma estrela vermelha brilhou; e veio andando, trazendo consigo um cheiro forte de fumo.

João Marreca, de cachimbo aceso, parou junto ao rapaz:

— Compadre Vicente...

Vicente, que não o vira, sobressaltou-se:

— O que é? Você aqui, a estas horas?

— Foi a Mimosa que caiu... Muito amojada, mole como o diacho, não tem quem levante...

O moço ergueu-se rápido já todo ação e energia:

— Pois vá chamar depressa o Horácio, o Chico Pastora e o Zé Bernardo! Na carreira, compadre!

João Marreca saiu, resmungando. Já era a segunda vez que a Mimosa caía!

Carecia mesmo dormir alguém no alpendre para botar sentido...

Os cabras chegaram, ainda meio arriados, coçando-se, abrindo a boca.

Vicente comandou:

— Vamos ver! Pegue no rabo! Na pá! Tudo duma vez: um, dois, três, epa!

Os cabras fizeram finca-pé, gemendo. A rês se aluiu, mas caiu de novo.

Mas a um outro esforço enfim se ergueu, equilibrando-se muito trêmula nas pernas vacilantes.

O cabra que segurara o rabo da vaca esfregava as mãos no chão.

Vicente aconselhou:

— Vá lavar no açude...

Zé Bernardo galhofou:

— Carece o quê! Terra seca é melhor que sabonete...

*

Quando, mais tarde, Vicente dormia, teve um sonho esquisito:

Conceição, caída por terra, se debatia gemendo.

Ele tentava erguê-la, mas verificava que a moça pesava como o Menino-Deus de São Cristóvão...

E, largando-a subitamente:

— É melhor deixar você aqui, porque eu tenho de ir-me embora para São Paulo...

9

Chegou a desolação da primeira fome. Vinha seca e trágica, surgindo no fundo sujo dos sacos vazios, na descarnada nudez das latas raspadas.

— Mãezinha, cadê a janta?

— Cala a boca, menino! Já vem!

— Vem lá o quê!...

Angustiado, Chico Bento apalpava os bolsos... nem um triste vintém azinhavrado...

Lembrou-se da rede nova, grande e de listas que comprara em Quixadá por conta do vale de Vicente.

Tinha sido para a viagem. Mas antes dormir no chão do que ver os meninos chorando, com a barriga roncando de fome.

Estavam já na estrada do Castro. E se arrancharam debaixo dum velho pau-branco seco, nu e retorcido, a bem dizer ao tempo, porque aqueles cepos apontados para o céu não tinham nada de abrigo.

O vaqueiro saiu com a rede, resoluto:

— Vou ali naquela bodega, ver se dou um jeito...

Voltou mais tarde, sem a rede, trazendo uma rapadura e um litro de farinha:

— Tá aqui. O homem disse que a rede estava velha, só deu isso, e ainda por cima se fazendo de compadecido...

Faminta, a meninada avançou; e até Mocinha, sempre mais ou menos calada e indiferente, estendeu a mão com avidez.

Contudo, que representava aquilo para tanta gente?

Horas depois, os meninos gemiam:

— Mãe, tô com fome de novo...

— Vai dormir, diacho! Parece que tá espritado! Soca um quarto de rapadura no bucho e ainda fala em fome! Vai dormir!

E Cordulina deu o exemplo, deitando-se com o Duquinha na tipoia muito velha e remendada.

A redinha estalou, gemendo.

Cordulina se ajeitou, macia, e ficou quieta, as pernas de fora, dando ao menino o peito rechupado.

Chico Bento estirou-se no chão. Logo, porém, uma pedra aguda lhe machucou as costelas.

Ele ergueu-se, limpou uma cama na terra, deitou-se de novo.

— Ah! Minha rede! Ô chão duro dos diabos! E que fome!

Levantou-se, bebeu um gole na cabaça. A água fria, batendo no estômago limpo, deu-lhe uma pancada dolorosa. E novamente estendido de ilharga, inutilmente procurou dormir.

A rede de Cordulina que tentava um balanço para enganar o menino — pobrezinho! O peito estava seco como uma sola velha! — gemia, estalando mais, nos rasgões.

E o intestino vazio se enroscava como uma cobra faminta, e em roncos surdos resfolegava furioso: *rum, rum, rum...*

De manhã cedo, Mocinha foi ao Castro, ver se arranjava algum serviço, uma lavagem de roupa, qualquer coisa que lhe desse para ganhar uns vinténs.

Chico Bento também já não estava no rancho. Vagueava à toa, diante das bodegas, à frente das casas, enganando a fome e enganando a lembrança que lhe vinha, constante e impertinente, da meninada chorando, do Duquinha gemendo:

"Tô tum fome! Dá tumê!"

Parou. Num quintalejo, um homem tirava o leite a uma vaquinha magra.

Chico Bento estendeu o olhar faminto para a lata onde o leite subia, branco e fofo como um capucho...

E a mão servil, acostumada à sujeição no trabalho, estendeu-se maquinalmente num pedido... mas a língua ainda orgulhosa endureceu na boca e não articulou a palavra humilhante.

A vergonha da atitude nova o cobriu todo; o gesto esboçado se retraiu, passadas nervosas o afastaram.

Sentiu a cara ardendo e um engasgo angustioso na garganta.

Mas dentro da sua turbação lhe zunia ainda aos ouvidos:

"Mãe, dá tumê..."

E o homenzinho ficou, espichando os peitos secos de sua vaca, sem ter a menor ideia daquela miséria que passara tão perto, e fugira, quase correndo...

*

Mocinha chegou animada, a bem dizer risonha:

— Tem lá uma mulher que carece de uma moça mode ajudar na cozinha e vender na Estação.

Cordulina interrompeu o remendo que cosia, interessada:

— Quem é?

Mocinha esticou o beiço, num gesto vago:

— Sei direito não... Parece que se chama Eugênia...

Cordulina dobrou o pano, enfiando nele a agulha, pensativa:

— E tu não tem pena de ficar aqui, mais esses estranhos?

A moça encolheu os ombros:

— Assim... Quem não tem pai nem mãe, como eu, pra todo o mundo é estranho...

*

Defronte da casa de Sinhá Eugênia, Mocinha se despediu de seu povo.

Cordulina a abraçou chorando, de lábios fechados, para abafar os soluços que lhe sacudiam as costas.

Chico Bento deu-lhe a mão, com o gesto desafetuoso e mole de sertanejo, e lhe bateu levemente no ombro. A rapariga levantou o Duquinha:

— Adeus, meu bem! Tome a bênção de sua tia!

O pequeno a agarrou pelo pescoço, prevendo qualquer nova surpresa dolorosa.

Ela, chorando, beijava-lhe as falripas arruivadas do cabelo, a pequena testa encardida.

— Adeus, meu filhinho!

Bruscamente, Cordulina o arrebatou e o prendeu aos amarradilhos da cangalha; o menino tomou o choro, e ficou quase um minuto, roxo e duro, o rosto num esgar de desespero.

Aflita, a mãe o sacudia, gritando:

— Duca! Duca!

Afinal o pequeno tornou; e Chico Bento tangeu a burra.

O grupo principiou a andar, comovido e desolado; e até se sumir na curva, Mocinha, de pé na calçada, viu o pequenino vulto no meio da carga, torcendo-se, estendendo por entre as mangas largas da camisa encarnada os bracinhos escuros, tisnados pelo sol, gritando lamentosamente:

— *Titia! Titia! Eu téo você!*

Sinhá Eugênia comentou, entrando:

— Credo! Que desespero!

Mocinha enxugou pela derradeira vez os olhos úmidos:

— Foi porque eu ajudei a criar ele...

*

Dias depois, indo e vindo, na cozinha enfumaçada, Sinhá Eugênia, furiosa, lamentava sua xícara florada, e descompunha Mocinha:

— Essa sem-vergonha só quer é namorar! Vive de dente de fora pros homens e não liga pra nada! Por causa dessa peste roubaram o meu casal de pires!

Mocinha, sentada no pilão, escutava pacientemente. Que lhe importava uma descompostura a mais, da velha? Vivia agora tão feliz!

Passava quase todo o dia na Estação, alegre como uma feira, cheia de gente como uma missa...

A Estação enxameando de guarda-freios, de bagageiros, de passageiros alegres, que rodeavam formigando a sua mesa, na ansiedade de chegar bem depressa, de receber de suas mãos a xícara cheia de café, embora requentado e engulhento.

E dentro daquele enlevo, cuidava pouco no serviço. Parava, o bule no ar, ouvindo graças dos fregueses, apesar dos berros de Sinhá Eugênia:

— Olha o café, criatura! Larga de ouvir tanta prosa, cuida nas mãos!

Ela então se virava espantada, aturdida, ainda com um meio riso lhe descobrindo a pontinha quebrada de um dente:

— Inhora?

10

Deitado numa cama de trapos, arquejando penosamente, estava um dos meninos de Chico Bento, o Josias.

O ventre lhe inchara como um balão. O rosto intumescera, os lábios arroxeados e entreabertos deixavam passar um sopro cansado e angustioso.

A mãe ia e vinha, arranjava-lhe um pano debaixo da cabeça, mexia no fogo feito a um canto, lastimava-se, praguejava, atordoava-se.

Estavam arranchados numa velha casa de farinha, toda atravancada pelos aviamentos desmantelados.

Desde a véspera Josias adoecera.

De tarde, quando caminhavam com muita fome, tinham passado por uma roça abandonada, com um pau de maniva aqui, outro além, ainda enterrados no chão.

Josias, que vinha atrás, distanciou-se.

Viu o pai descuidado dele, pensando em encontrar um rancho; a mãe, com o menino no quadril, marchava lá mais na frente.

Ele então foi ficando para trás, entrou na roça, escavacou com um pauzinho o chão, numa cova, onde um tronco de manipeba apontava; dificultosamente, ferindo-se, conseguiu topar com uma raiz, cortada ao meio pela enxada.

Batendo de encontro a uma pedra, trabalhosamente, arrancou-lhe mais ou menos a casca; e enterrou os dentes na polpa amarela, fibrosa, que já ia virando pau num dos extremos.

Avidamente roeu todo o pedaço amargo e seco, até que os dentes rangeram na fibra dura.

Aí atirou no chão a ponta da raiz, limpou a boca na barra da manga e passou ligeiramente pela abertura da cerca.

Quando se juntou ao grupo que já estava arranchado, a mãe, inquieta desde que lhe dera pela falta, o interpelou:

— Que foi, Josias? Você anda abestado, ou isso é ruindade? Que foi que andou fazendo?

O menino desviou os olhos:

— Nada não... Fiquei ali...

Chico Bento, que tinha saído à procura de qualquer coisa, deu também com a roça; com algum trabalho, conseguiu arrancar uns pedaços de raiz; e veio para o rancho, trazendo numa trouxa os paus de mandioca obtidos.

Enquanto Cordulina ia raspando para um beiju o achado miserável, Josias, ao lado dela, calado, estirado no chão, fazia de vez em quando uma careta. Afinal, disse à mãe que estava com dor de barriga.

— De quê?

Ele contou a história da manipeba. Cordulina levantou-se, assustada:

— Meu filho! Pelo amor de Deus! Você comeu mandioca crua?

Assombrado, e sentindo a dor mais forte, o pequeno começou a chorar. Cordulina, aturdida, topando no madeirame do chão, andou até o terreiro limpo, procurando na terra varrida umas folhas para um chá. Depois, caindo em si, foi às trouxas, e do fundo de uma lata tirou um punhado ressequido de sene.

E enquanto fazia o chá, gritava, num pranto, para o marido, que mais longe trocava algumas palavras com um passante:

— Chico! Chico! Valha-me Nossa Senhora! O Josias se envenenou!

Agora, esgotadas as mezinhas, findos os recursos, sozinha, o marido longe — Chico Bento saíra de manhãzinha a ver se descobria alguém que ensinasse um remédio —, de cócoras junto à criança moribunda, a cabeça quase entre os joelhos, um filho agarrado à saia, Cordulina chorava sem consolo.

Um dos outros pequenos, sentado numa trave, chupando o dedo, olhava o irmão. E o Pedro, o mais velho, do lado oposto, de vez em quando tangia com a mão alguma mosca que tentava pousar no rosto do doentinho.

A criança era só osso e pele: o relevo do ventre inchado formava quase um aleijão naquela magreza, esticando o couro seco de defunto, empretecido e malcheiroso.

Quando o pai chegou trazendo consigo uma negra velha
rezadeira, Josias, inconsciente, já com o cirro da morte, sibilava,
mal podendo com a respiração estertorosa.

A velha olhou o doente, abanou o pixaim enfarinhado:

— Tem mais jeito não... Esse já é de Nosso Senhor...

Cordulina ergueu por momentos a cabeça, fitou a velha, e
depois, mergulhando de novo a cara entre os joelhos, redobrou
o choro.

A negra, por via das dúvidas, começou a rodar em torno
do menino, benzeu-o com um ramo murcho tirado do seio
chocalhante de medalhas, resmungando rezas:

— *Donde vens, Pedros e Paulo? Venho de Roma. O que há
de novo em Roma, Pedros e Paulo?...*

Chico Bento se encostara à vara da prensa, sem chapéu, a
cabeça pendida, fitando dolorosamente a agonia do filho.

E a criança, com o cirro mais forte e mais rouco, ia-se
acabando devagar, com a dureza e o tinido dum balão que vai
espocar porque encheu demais.

11

Conceição atravessava muito depressa o Campo de Concentração.

Às vezes uma voz atalhava:

— Dona, uma esmolinha...

Ela tirava um níquel da bolsa e passava adiante, em passo ligeiro, fugindo da promiscuidade e do mau cheiro do acampamento.

Que custo, atravessar aquele atravancamento de gente imunda, de latas velhas, e trapos sujos!

Mas uma voz a fez parar.

— Doninha, dona Conceição, não me conhece?

Era uma mulata de saia preta e cabeção encardido, que, ao ver a moça, parara de abanar o fogo numa trempe, e a olhava rindo.

Conceição forçou a memória.

— Sim... Ah! É a Chiquinha Boa! Por aqui? Mas você não era moradora de seu Vicente? Saiu de lá?

A mulher inclinou a cabeça para o ombro, coçou a nuca:

— A gente viúva... Sem homem que me sustentasse... Diziam que aqui o governo andava dando comida aos pobres... Vim experimentar...

Já Conceição, esquecendo a pressa, sentara-se num tronco de cajueiro, interessada por aquela criatura que chegava do sertão:

— E tudo por lá? Bem?

— Vai, sim senhora. Seu Major, dona Idalina e as moças foram pro Quixadá. Só ficou o seu Vicente...

Conceição espantou-se:

— E eu não sabia! Também faz dias que a Lourdinha não me escreve! Então o Vicente está sozinho? Por que, coitado?

— Ora, as moças pegaram a falar que não aguentavam mais... Seu Vicente também achava ali muito ruim para a família... Sem banho, mandando buscar água a mais de légua de distância... Ele mesmo só ficou porque carecia dele lá, mode o gado. Mas toda semana vai no Quixadá...

A moça comoveu-se com esse isolamento:

— Imagino como a vida do pobre não é triste!

A mulher riu-se.

— Qual nada! Seu Vicente é pessoa muito divertida... É naquela labuta, mas sempre tirando prosa com um, com outro... É um moço muito sem bondade... Dizedor de prosa como ele só!...

Conceição deixava-a falar, e a Chiquinha continuou, num riso malicioso:

— E até aquela filha do Zé Bernardo, só porque sempre ele passa lá e diz alguma palavrinha a ela, anda toda ancha, se fazendo de boa...

Conceição estranhou a história e não pôde se conter:

— E ele tem alguma coisa com ela?

A mulata encolheu os ombros:

— O povo ignora muito... se tiver, pior pra ela... Que moço branco não é pra bico de cabra que nem nós...

A conversa principiou a incomodar Conceição; o mau cheiro do campo parecia mais intenso; e levantou-se, dando uma prata à mulher:

— Amanhã eu volto e vejo como vocês vão... Todos os dias venho aqui, ajudar na entrega dos socorros... Se você tiver muita precisão de alguma coisa, me peça, que eu faço o que puder...

Quando transpôs o portão do Campo, e se encostou a um poste, respirou mais aliviada. Mas, mesmo de fora, que mau cheiro se sentia!

Através da cerca de arame, apareciam-lhe os ranchos disseminados ao acaso. Até a miséria tem fantasia e criara ali os gêneros de habitação mais bizarros.

Uns, debaixo dum cajueiro, estirados no chão, quase nus, conversavam.

Outros, absolutamente ao tempo, apenas com a vaga proteção de uma parede de latas velhas, rodeavam um tocador de viola, um cego, que cantava numa melopeia cansada e triste:

> *Ninguém sabe o que padece*
> *Quem sua vista não tem!...*
> *Não poder nunca enxergar*
> *Os olhos de quem quer bem!...*

E junto deles, uma cabocla nova atiçava um fogo.

Uma velha, mais longe, sentada nuns tijolos, fazia com que uma caboclinha muito magra e esmolambada lhe catasse os cabelos encerados de sujeira.

E, além, uma família de Cariri velava um defunto, duro e seco, apenas recoberto por farrapos de cor indecisa.

Conceição sabia quem ele era. Tinha morrido ao meio-dia, e a sua gente teimava em não o misturar com os outros mortos.

O bonde chegou.

Ainda sob a impressão da conversa com a Chiquinha Boa, a moça pensava em Vicente. E novamente sofreu o sentimento de desilusão e despeito que a magoara quando a mulher falava.

"Sim, senhor! Vivia de prosear com as caboclas e até falavam muito dele com a Zefa do Zé Bernardo!"

E ela, que o supunha indiferente e distante, e imaginava que, aos olhos dele, todo o resto das mulheres deste mundo se esbatia numa massa confusa e indesejada...

Que julgara ter sido ela quem lhe acordara o interesse arisco e desdenhoso do coração!...

"Uma cabra, uma cunhã à toa, de cabelo pixaim e dente podre!..."

*

Na casinha amarela de três portas, na rua de São Bernardo, bem perto da igreja, dona Inácia, do postigo, já a esperava.

Conceição entrou, beijou a velha.

— Sabe, Mãe Nácia, quem eu vi hoje no Campo? A Chiquinha Boa, moradora de tia Idalina. Deu notícias de todos. Estão no Quixadá, mas sem o Vicente.

A avó espantou-se:

— E ele? Terá embarcado? Sem ninguém saber?

Conceição riu-se:

— Não, senhora! Ficou na fazenda, por causa do gado...

Dona Inácia fê-la esgotar todos os pormenores:

— E a Chiquinha? Vicente não dava serviço a todos os moradores? Por que ela veio?

— Sei lá! Diz que só ouvia falar no que o governo dava... Veio com os filhos.

— E a Idalina está-se dando bem no Quixadá?

— Parece que está...

A avó ficou pensando um instante.

Depois suspirou:

— Eu também podia ter ficado no Quixadá... Junto com meus conhecidos, meus parentes...

Conceição queixou-se, amuada:

— Não diga isso, Mãe Nácia! Então você preferia ter ficado perto daquelas velhas, suas primas, lá no calcanhar do judas, do que junto de sua filha? Sim, senhora! Isso é que é bem-querer!

A velha teve um riso amargo; ergueu-se da cadeira e atravessou nervosamente a salinha:

— Quero tanto bem a você, que vim, mesmo sem gostar daqui... Mas é que no Quixadá eu estava mais perto do meu canto, de minha igreja...

— Por igreja, não, que aqui tem uma bem pertinho... É verdade que os santos não eram seus conhecidos...

Dona Inácia novamente se sentou, novamente suspirou e pegou no crochê. Conceição foi mudar de roupa.

Mas voltou, sacudindo os cabelos soltos, com os grampos na mão.

— A Chiquinha me contou também uma coisa engraçada... Engraçada, não... tola... Diz que estão falando muito do Vicente com a Josefa do Zé Bernardo...

A avó levantou os olhos:

— Eu já tinha ouvido dizer... Tolice de rapaz!

A moça exaltou-se, torcendo nervosamente os cabelos num coque no alto da cabeça:

— Tolice, não senhora! Então Mãe Nácia acha uma tolice um moço branco andar se sujando com negras?

Dona Inácia sorriu, conciliadora:

— Mas, minha filha, isso acontece com todos... Homem branco, no sertão — sempre saem essas histórias... Além disso não é uma negra; é uma caboclinha clara...

— Pois eu acho uma falta de vergonha! E o Vicente, todo
santinho, é pior do que os outros! A gente é morrendo e aprendendo!

Dona Inácia meteu os olhos pelo passado e recordou-se dum
velho tempo em que ela tivera também aqueles rompantes e
aquelas revoltas... E no fim, tudo isso é natural e de esperar,
e a gente se acostuma à força...

Tentou consolar a neta que voltava para o quarto:

— Minha filha, a vida é assim mesmo... Desde que o mundo
é mundo... Eu até acho os homens de hoje melhores.

Conceição voltou-se rápida:

— Pois eu não! Morro e não me acostumo! É lá direito! Olhe,
Mãe Nácia, eu podia gostar de uma pessoa como gostasse, mas
sabendo duma história assim, não tinha santo que desse jeito!

12

Lá se tinha ficado o Josias, na sua cova à beira da estrada, com
uma cruz de dois paus amarrados, feita pelo pai.

Ficou em paz. Não tinha mais que chorar de fome, estrada afora. Não tinha mais alguns anos de miséria à frente
da vida, para cair depois no mesmo buraco, à sombra da
mesma cruz.

Cordulina, no entanto, queria-o vivo. Embora sofrendo,
mas em pé, andando junto dela, chorando de fome, brigando
com os outros...

E quando reencetou a marcha pela estrada infindável, chamejante e vermelha, não cessava de passar pelos olhos a mão trêmula:

— Pobre do meu bichinho!

*

Dia a dia, com forças que iam minguando, a miséria escalavrava mais a cara sórdida, e mais fortemente os feria com a sua garra desapiedada.

Só talvez por um milagre iam aguentando tanta fome, tanta sede, tanto sol.

O comer era quando Deus fosse servido.

Às vezes paravam num povoado, numa vila. Chico Bento, a custo, sujeitando-se às ocupações mais penosas, arranjava um cruzado, uma rapadura, algum litro de farinha. Mas isso de longe em longe. E se não fosse uma raiz de mucunã arrancada aqui e além, ou alguma batata-brava que a seca ensina a comer, teriam ficado todos pelo caminho, nessas estradas de barro ruivo, semeado de pedras, por onde eles trotavam trôpegos, se arrastando e gemendo.

Pedro, o mais velho dos pequenos, também tentava um ganho; mas em tempo assim, com tanto homem sem trabalho, quem vai dar o que fazer a menino?

E Cordulina, botando a vergonha de lado, com o Duquinha no quadril — que as privações tinham desensinado de andar, e agora mal engatinhava —, dirigia-se às casas, pedindo um leitinho para dar ao filho, um restinho de farinha ou de goma pra fazer uma papa...

A pobre da burra, que vinha sustentando Deus sabe como, com casca seca de pau e sabugos de monturo, foi emagrecendo, descarnando, até ficar uma dura armação de ossos, envolvida num couro sujo, esburacado de vermelho.

Chico Bento julgou melhor trocá-la por qualquer cinco mil-réis que ser forçado a abandoná-la por aí, meio morta, em algum pedaço de caminho. Um bodegueiro, em Baturité, lhe ofereceu 6$000.

E deixaram a companheira de tantas léguas amarrada a uma estaca de cerca, a cabeça pendendo do cabresto, a cauda roída e suja batendo as moscas das pisaduras.

*

Eles tinham saído na véspera, de manhã, da Canoa.

Eram duas horas da tarde.

Cordulina, que vinha quase cambaleando, sentou-se numa pedra e falou, numa voz quebrada e penosa:

— Chico, eu não posso mais... Acho até que vou morrer. Dá-me aquela zoeira na cabeça!

Chico Bento olhou dolorosamente a mulher. O cabelo, em falripas sujas, como que gasto, acabado, caía, por cima do rosto, envesgando os olhos, roçando na boca. A pele, empretecida como uma casca, pregueava nos braços e nos peitos, que o casaco e a camisa rasgada descobriam.

A saia roída se apertava na cintura em dobras sórdidas; e se enrolava nos ossos das pernas, como um pano posto a enxugar se enrola nas estacas da cerca.

Num súbito contraste, a memória do vaqueiro confusamente começou a recordar a Cordulina do tempo do casamento.

Viu-a de branco, gorda e alegre, com um ramo de cravos no cabelo oleado e argolas de ouro nas orelhas...

Depois sua pobre cabeça dolorida entrou a tresvariar; a vista turbou-se como as ideias; confundiu as duas imagens, a real e a evocada, e seus olhos visionaram uma Cordulina fantástica, magra como a morte, coberta de grandes panos brancos, pendendo-lhe das orelhas duas argolas de ouro, que cresciam, cresciam, até atingir o tamanho do sol.

No colo da mulher, o Duquinha, também só osso e pele, levava, com um gemido abafado, a mãozinha imunda, de dedos ressequidos, aos pobres olhos doentes.

E com a outra tateava o peito da mãe, mas num movimento tão fraco e tão triste que era mais uma tentativa do que um gesto.

Lentamente o vaqueiro voltou as costas; cabisbaixo, o Pedro o seguiu.

E foram andando à toa, devagarinho, costeando a margem da caatinga.

Às vezes, o menino parava, curvava-se, espiando debaixo dos paus, procurando ouvir a carreira de algum tejuaçu que parecia ter passado perto deles. Mas o silêncio fino do ar era o mesmo. E a morna correnteza que ventava passava silenciosa como um sopro de morte; na terra desolada não havia sequer uma folha seca; e as árvores negras e agressivas eram como arestas de pedra, enristadas contra o céu.

Mais longe, numa volta da estrada, a telha encarnada de uma casa brilhava ao sol. Lentamente, Chico Bento moveu os passos trôpegos na sua direção.

De repente, um *bé!*, agudo e longo, estridulou na calma.

E uma cabra ruiva, nambi, de focinho quase preto, estendeu a cabeça por entre a orla de galhos secos do caminho, aguçando os rudimentos de orelha, evidentemente procurando ouvir, naquela distensão de sentidos, uma longínqua resposta a seu apelo.

Chico Bento, perto, olhava-a, com as mãos trêmulas, a garganta áspera, os olhos afogueados.

O animal soltou novamente o seu clamor aflito.

Cauteloso, o vaqueiro avançou um passo.

E de súbito em três pancadas secas, rápidas, o seu cacete de jucá zuniu; a cabra entonteceu, amunhecou, e caiu em cheio por terra.

Chico Bento tirou do cinto a faca, que de tão velha e tão gasta nunca achara quem lhe desse um tostão por ela.

Abriu no animal um corte que foi de debaixo da boca até separar ao meio o úbere branco de tetas secas, escorridas.

Rapidamente iniciou a esfolação. A faca afiada corria entre a carne e o couro, e, na pressa, arrancava aqui pedaços de lombo, afinava ali a pele, deixando-a quase transparente.

Mas Chico Bento cortava, cortava sempre, com um movimento febril de mãos, enquanto o Pedro, comovido e ansioso, ia segurando o couro descarnado.

Afinal, toda a pele destacada, estirou-se no chão.

E o vaqueiro, batendo com o cacete no cabo da faca, abriu ao meio a criação morta.

Mas Pedro, que fitava a estrada, o interrompeu:

— Olha, pai!

Um homem de mescla azul vinha para eles em grandes passadas.

Agitava os braços em fúria, aos berros:

— Cachorro! Ladrão! Matar minha cabrinha! Desgraçado!

Chico Bento, tonto, desnorteado, deixou a faca cair e, ainda de cócoras, tartamudeava explicações confusas.

O homem avançou, arrebatou-lhe a cabra e procurou enrolá-la no couro.

Dentro da sua perturbação, Chico Bento compreendeu apenas que lhe tomavam aquela carne em que seus olhos famintos já se regalavam, da qual suas mãos febris já tinham sentido o calor confortante.

E lhe veio agudamente à lembrança Cordulina exânime na pedra da estrada... O Duquinha tão morto que já nem chorava...

Caindo quase de joelhos, com os olhos vermelhos cheios de lágrimas que lhe corriam pela face áspera, suplicou, de mãos juntas:

— Meu senhor, pelo amor de Deus! Me deixe um pedaço de carne, um taquinho ao menos, que dê um caldo para a mulher mais os meninos! Foi pra eles que eu matei! Já caíram com a fome!...

— Não dou nada! Ladrão! Sem-vergonha! Cabra sem-vergonha!

A energia abatida do vaqueiro não se estimulou nem mesmo diante daquela palavra.

Antes se abateu mais, e ele ficou na mesma atitude de súplica.

E o homem disse afinal, num gesto brusco, arrancando as tripas da criação e atirando-as para o vaqueiro:

— Tome! Só se for isto! A um diabo que faz uma desgraça como você fez, dar-se tripas é até demais!...

A faca brilhava no chão, ainda ensanguentada, e atraiu os olhos de Chico Bento.

Veio-lhe um ímpeto de brandi-la e ir disputar a presa; mas foi ímpeto confuso e rápido. Ao gesto de estender a mão, faltou-lhe o ânimo.

O homem, sem se importar com o sangue, pusera no ombro o animal sumariamente envolvido no couro e marchava para a casa cujo telhado vermelhava, lá além.

Pedro, sem perder tempo, apanhou o fato que ficara no chão e correu para a mãe.

Chico Bento ainda esteve uns momentos na mesma postura, ajoelhado.

E antes de se erguer, chupou os dedos sujos de sangue, que lhe deixaram na boca um gosto amargo de vida.

*

Cordulina acordou de seu letargo e voltou-se espantada para o filho, que vinha com aquelas tripas na mão.

— Que é isso, menino?

— É a tripa de uma criação... O papai matou, mas veio o dono tomar, e por milagre ainda deu o fato...

A mãe se levantou do assento, e, trôpega ainda, tomou na mão as vísceras que sangravam:

— Pois, meu filho, vá até aquela casa ver se arranja um tiquinho de água mode consertar e lavar...

O pequeno bateu e pediu água. Na salinha, com a cabra morta sobre uma mesa, o homem gesticulava com fúria, contando a história à mulher; e vendo chegar o menino, voltou-se, feito uma onça:

— Por aqui ainda, seu cachorro? Não tem água coisa nenhuma! Já pra fora! Deviam estar na cadeia! Vamos, já pra fora! Achou pouco o que ainda dei?

Mas às últimas palavras, já Pedro ia longe, assombrado, numa carreira desabalada de cachorro enxotado.

Chegou junto da mãe, chorando de vergonha e de susto:

— O homem botou a gente pra fora, chamando tudo quanto é nome...

*

E num foguinho de garranchos, arranjado por Cordulina com um dos últimos fósforos que trazia no cós da saia, assaram e comeram as tripas, insossas, sujas, apenas escorridas nas mãos.

13

Mocinha deixou a velha Eugênia num domingo ao meio-dia, depois do trem misto que vinha de baixo; já na rua, com a trouxa na mão, ainda ouvia a descompostura.

Com algum custo conseguiu ficar na casa dum bodegueiro da praça, para servir como ama.

Mas seu ímã era a Estação.

Mal um trem apitava, ela corria à calçada, e ficava fitando o formigamento de gente, cheia de nostalgia e de gula, como se estivesse com visgo nos olhos...

Um dia foi dar um recado do outro lado da praça e quando voltava, devagarinho, porque estava um trem estacionado e os passageiros invadiam as calçadas, parou, meio escondida pela altura da plataforma.

Lá em cima, um bagageiro dizia:

— Sinhá Eugênia, cadê aquela moçota que vendia café mais você?

A fala da velha passou sibilante e cantada entre os dentes quebrados:

— Botei pra fora. Aquilo era uma mundiça. Não me dava interesse; só sabia quebrar louça e namorar...

Mocinha parou de escutar e saiu correndo, chorando o seu desterro, num desadoro.

*

O sol poente, chamejante, rubro, desaparecia rapidamente como um afogado, no horizonte próximo.

Sombras cambaleantes se alongavam na tira ruiva da estrada, que se vinha estirando sobre o alto pedregoso e ia sumir no casario dormente dum arruado.

Sombras vencidas pela miséria e pelo desespero que arrastavam passos inconscientes, na derradeira embriaguez da fome.

Uma forma esguia de mulher se ajoelhou no chão vermelho.

Um vulto seco se acocorou ao lado, e mergulhou a cabeça vazia entre os joelhos agudos, amparando-a com as mãos.

Só um menino, em pé, isolado, olhava pensativamente o grupo agachado de fraqueza e cansaço.

Sua voz dolente os chamou, num apelo de esperança.

E sua mão se destacou no fundo escuro da tarde apontando o casario, além.

Mas a única aparência de vida, no grupo imóvel, era o choro intermitente e abafado de uma criança.

Lentamente, o menino se voltou. Ainda esperou algum tempo. Ainda repetiu seu apelo e seu gesto.

Depois saiu devagar, de cabeça erguida, os olhos fitos nos telhados pretos que se espalhavam lá longe.

Leve e doce, o aracati soprava.

E lentamente foi-se abatendo sobre eles a noite escura pontilhada de estrelas, seca e limpa como um manto de cinzas onde luzissem faúlhas.

14

Dona Inácia, como já se habituara, fazia o seu crochê na sala de visitas.

Os dedos mexiam rápidos a agulha e o fio branco corria, entrançando os desenhos caprichosos da varanda de rede.

Conceição estava na escola.

Saía de casa às dez horas e findava a aula às duas. Da escola ia para o Campo de Concentração, auxiliar na entrega dos socorros.

E só chegava de tardinha, fatigada, com os olhos doloridos de tanta miséria vista, contando cenas tristes que também empanavam de água os óculos da avó.

*

Seriam talvez duas e meia da tarde.

As mãos de dona Inácia já não moviam com a mesma agilidade a agulha niquelada, que emperrou na ponta dum laço cheio, armado e duro como uma borboleta.

A cabeça branca pouco a pouco se encostou no dorso de pano da espreguiçadeira, num sono sossegado.

O crochê caiu no solo e o novelo rolou, sujando no ladrilho seu lindo branco anilado.

Bateram na rótula.

Dona Inácia, estremunhada, passou a mão pelos olhos, repuxou a frente do casaco, num gesto que lhe era habitual, e foi à porta.

Na calçada, todo de cáqui, chapelão de massa na cabeça, Vicente esperava.

Dona Inácia abriu a banda da porta com a pressa afetuosa de quem abre os braços para alguém muito querido:

— Você, Vicente! Por aqui, meu filho!

Era um pedaço do sertão que lhe vinha com aquele moço tostado pelo sol de Quixadá... E repetia:

— Mas você, meu filho! Que surpresa! E Idalina? E seu pai?

— Tudo bem, tudo muito bem, no Quixadá, tia Inácia...

E logo, sentado na espreguiçadeira, enquanto a tia lhe guardava o chapéu, Vicente explicava a sua estada na cidade.

Viera por causa de uma partida de caroço que encomendara para o gado, e nada de ir, e ele nos maiores apertos. A rama já faltava de todo e o jeito era recorrer ao trato comprado.

— E no Logradouro?

— Tudo na mesma... A casa fechada como deixaram, o açude secando...

— E o seu gado?

— Vai-se salvando... Mas dá um trabalho medonho! Toda noite, cinco, seis homens dormindo no alpendre para levantarem as reses caídas...

A velha sacudiu a cabeça, admirada:

— E você não desiste! Ainda não pensou em retirar para a serra, ou fazer como a Maroca, soltar e deixar morrer?

Vicente ergueu-se, meio exaltado:

— Não, senhora! Nem que eu me acabe, e perca tudo de meu comprando caroço, não solto nenhum! Já comecei, termino! A seca também tem fim...

Mas parou a onda de exclamações, reparando num retrato de Conceição, com ar pensativo, que pendia da parede, junto ao quadro do Coração de Jesus:

— Por que Conceição não aparece?

— Está na escola; isto é, a estas horas deve estar no Campo de Concentração.

— Fazendo o quê?

— Ela faz parte do grupo de senhoras que distribuem comida e roupa aos flagelados.

Nesse instante, morena e esguia, uma mão se insinuou por baixo do postigo, procurando o ferrolho.

E Conceição, que ouvira o fim da frase da avó, empurrou a porta e entrou, dizendo alegremente:

— Falaram no mau...

Mas reconhecendo Vicente, que já estava de pé:

— Era você! Mas que surpresa! Pensei que fosse alguma velha, amiga de Mãe Nácia...

Sentou-se, atirou o chapéu sobre a mesinha, insistindo:

— Não esperava! Você!

Ele explicou, novamente, com minúcias, o motivo da viagem.

Depois falou nas irmãs. Tinham mandado lembranças, uma carta...

— Parece até que uma encomenda de vestido para a Lourdinha.

E voltou-se para a tia, rindo:

— Eu até falei contra esse luxo de vestidos, nuns tempos como os de agora...

Conceição apressou-se em abrir a carta, rasgando o envelope com um grampo do cabelo.

De fato, a letrinha desenhada da prima encomendava cinco metros de cambraia azul-clara, com carocinhos brancos: "dou esse trabalho a você porque Vicente é muito capaz de trazer madapolão por cambraia..."

Vendo que ela acabava de ler e fechava a carta, rindo, ele disse:

— Quando você entrou, tia Inácia estava dizendo que só lhe esperava de tarde.

— Ah! Foi porque eu hoje estava com uma dor de cabeça enorme, e não fui para o Campo... Mas só ao ver você aqui, melhorei...

Vicente riu, abanando a cabeça. Depois perguntou já sério:

— Foi por causa da doença que veio só?

Ela riu de novo:

— Só? Eu sempre ando só! Tinha que ver, de cada vez que fosse à escola, arranjar companhia...

— Pois eu pensei que não se usava uma moça andar só, na cidade.

Dona Inácia ajuntou:

— Agora é assim... eu também estranhei...

Conceição continuava a rir:

— Mas eu, é porque sou uma professora velha, que vou para o meu trabalho! Uma mocinha bonitinha não passeia só, não!

Ele ainda disse, levado pelo seu zelo de matuto:

— Pois mesmo assim, sendo *professora velha*, como você diz, se eu lhe mandasse, só deixava sair com uma guarda de banda...

A moça encolheu os ombros:

— Tolice! Mas vamos falar noutra coisa? Ande, conte o que há de novo no sertão!

— Contar o quê? História de seca? Diz que um negro lá pras bandas de Morada Nova matou um menino, salgou, e ficou comendo os pedaços, aos poucos.

Dona Inácia pôs as mãos, horrorizada. Conceição olhou-o com espanto:

— Deveras?

— Contam... E você tem visto muito horror, no Campo de Concentração?

— Coisas medonhas! Mas ainda não vi se comer gente, não...

Vicente contava agora a história de uma mulher conhecida que endoidecera, quando viu os filhos morrendo à falta de comida.

Dona Inácia observou:

— Talvez tenha enlouquecido também de fome. Fome demais tira o juízo.

Conceição, calada, olhava o primo. Estava mais bonito. Ficava-lhe bem, a roupa cáqui; muito vermelho, queimado do sol, os traços afinados pela labuta desesperada, as pernas fortes cruzadas, as mãos pousadas no joelho, falava lentamente com seu modo calmo de gigante manso.

Era o mesmo homem forte do sertão, de beleza sadia e agreste, tostado de sol, respirando energia e saúde...

Subitamente, porém, a moça recordou a história da Chiquinha Boa.

Ele, nesse momento, se voltava para a prima, mostrando num sorriso os dentes brancos, onde luzia um ponto de ouro:

— A dor de cabeça voltou? Está tão calada!

Com despeito, ela pensou que talvez aquele riso, aquela fala carinhosa, ele também os empregava conversando com a cunhã do Zé Bernardo... E respondeu frouxamente:

— Não... estava ouvindo... Ah! Sabe quem encontrei no Campo? A Chiquinha Boa...

Dona Inácia atalhou:

— E eu estranhei, uma moradora sua, nessa desgraça!

Mas Vicente explicou, aborrecido:

— Aquilo é uma doida, uma vagabunda. Danou-se para vir pro Ceará porque ouviu dizer que estavam tratando retirante à vela de libra. Queria vir até a pé: eu ainda arranjei passagens com pena.

— Ela me falou em todos. Deu notícia de tudo, da ida de seu povo para o Quixadá... Até da gente do Zé Bernardo...

Vicente não compreendeu a intenção oculta:

— O Zé Bernardo, sim! Cabra de vergonha, bom de verdade! É minhas mãos e meus pés. De dia e de noite, como se tudo fosse dele.

Conceição, olhando-o de frente, insistiu:

— As filhas também são muito boas, não são? A Zefinha mormente...

Ele, com o mesmo gesto inocente, confirmou:

— Muito boa rapariga. É quem cuida de minha roupa.

— É!... — E Conceição, furiosa com a incompreensão verdadeira ou fingida, e com o sossego dele, concentrou nesse "é" toda sua ironia despeitada.

Mas não pôde ir mais longe por causa da presença da avó... Cínico! Cínico!

Dona Inácia elevou a voz:

— Conceição, minha filha, manda fazer café e traz um calicezinho de licor pra Vicente.

Conceição ergueu-se e saiu.

Quando entrou com o licor, a avó, que se atrapalhava numa história mal sabida, invocou seu auxílio:

— Conta agora o que aconteceu na rua Formosa com aquele bando de retirantes. Eu não me lembro direito...

Lentamente, aborrecidamente, a moça contou o fato; mas falava num tom descorado, frouxo, desinteressada do ouvinte, como quem recita em língua estranha, sem perceber direito o que diz.

Depois, ainda à insistência da avó, começou a falar sobre pequenos casos acontecidos no Campo, o terror das famílias ante a invasão de pedintes, a carestia da vida, a dificuldade de tudo.

Era hábito antigo de dona Inácia utilizar Conceição como um intérprete de língua mais expedita e mais bem informada, para dizer aos amigos as novidades de sensação.

Vicente a ouvia, com o pensamento distante, desagradando-lhe aquele tom indiferente e didático em que a moça se exprimia.

Gravemente, baixando a cabeça em afirmativas, a avó sublinhava os dizeres da neta.

E ele foi descobrindo uma Conceição desconhecida e afastada, tão diferente dele próprio, que, parecia, nunca coisa nenhuma os aproximara.

Em vão procurou naquela moça grave e entendida do mundo a doce namorada que dantes pasmava com a sua força, que risonhamente escutava os seus galanteios, debruçada à janela da casa-grande, cheirando o botão de rosa que ele lhe trouxera.

Quando saiu, ia debaixo dum sentimento de desgosto, vago, mas opressivo. Por que estava Conceição tão longínqua e distraída?... E ao fim da visita, quando ela falava sobre o efeito da seca na vida da cidade, pareceu-lhe até pedante... Tinha na voz e nos modos uma espécie de aspereza espevitada, característica de todas as normalistas que conhecia...

*

Deitada na cama, com a luz apagada, Conceição recordava Vicente e sua visita.

A verdade é que ela era sempre uma tola muito romântica para lhe emprestar essa auréola de herói de novela!

Metido com cabras... não se dava respeito... E ainda por cima, não se importava nem em negar...

Mãe Nácia, porque naturalmente, no tempo dela, aguentou muitas dessas, diz que não vale nada...

E a moça comparou dona Inácia àquelas senhoras de *alma azul*, de que fala o Machado de Assis...

Foi então que se lembrou que, provavelmente, Vicente nunca lera o Machado... Nem nada do que ela lia.

Ele dizia sempre que, de livros, só o da nota do gado...

Num relevo mais forte, tão forte quanto nunca o sentira, foi-lhe aparecendo a diferença que havia entre ambos, de gosto, de tendências, de vida.

O seu pensamento, que até há pouco se dirigia ao primo como a um fim natural e feliz, esbarrou nessa encruzilhada difícil e não soube ir adiante.

Ele lhe parecia agora como um desses recantos da mata, próximo a um riacho, num sombrio misterioso e confortante. Passando num meio-dia quente, ao trote penoso do cavalo, a gente para ali, olha a sombra e o verde como se fosse para um cantinho de céu...

Mas volvendo depois, numa manhã chuvosa, encontra-se o doce recanto enlameado, escavacado de minhocas, os lindos troncos escorregadios e lodosos, os galhos de redor pingando tristemente.

Da primeira vez, pensa-se em passar a vida inteira naquela frescura e naquela paz; mas à última, sai-se com o coração pesado, curado de bucolismo por muito tempo, vendo-se na realidade como é agressiva e inconstante a natureza...

Ele era bom de ouvir e de olhar, como uma bela paisagem, de quem só se exigissem beleza e cor.

Mas nas horas de tempestade, de abandono, ou solidão, onde iria buscar o seguro companheiro que entende e ensina, e completa o pensamento incompleto, e discute as ideias que vêm vindo, e compreende e retruca às invenções que a mente vagabunda vai criando?

Pensou no esquisito casal que seria o deles, quando à noite, nos serões da fazenda, ela sublinhasse num livro querido um pensamento feliz e quisesse repartir com alguém impressão recebida. Talvez Vicente levantasse a vista e lhe murmurasse um "é" distraído por detrás do jornal... Mas naturalmente a que distância e com quanta indiferença...

Pensou que, mesmo o encanto poderoso que a sadia fortaleza dele exercia nela, não preencheria a tremenda largura que os separava.

Já agora, o caso da Zefinha lhe parecia mesquinho e sem importância.

Qualquer coisa maior se cavava entre os dois.

E, cansada, foi fechando os olhos e confundindo as ideias, que aumentavam como sombras de pesadelo, e dormiu, num sono fatigado e triste, sob uma estranha impressão de estar sozinha no mundo.

15

Quando Chico Bento, depois daquela noite passada, ali, no abandono da estrada, chamou a mulher e, ajudando a levantar um dos meninos, foi andando em procura do povoado, em vão buscou, pelas voltas do caminho, sentado nalguma pedra, o vulto de Pedro.

Na estrada limpa e seca só se via um homem com uma trouxinha no cacete, e mais à frente, dentro de uma nuvem de poeira, um cavaleiro galopando.

De repente, uma ideia o sossegou:

— Que besteira! Naturalmente ele já está no Acarape...

*

Mas chegaram ao Acarape, e debalde perguntaram pelo menino a todo o mundo. Não... Ninguém tinha visto... Sabia lá!... A toda hora estava passando retirante...

Numa bodega, onde o vaqueiro novamente fez indagações, alguém lembrou:

— Homem, por que você não vai falar ao delegado? Ele é quem pode dar jeito. Mora ali, naquela casa de alpendre.

No modo que agora era o seu, curvado, quase trôpego, Chico Bento endireitou para a casa apontada, que ficava meio apartada das outras, tendo de um lado um alpendre onde se viam algumas cangalhas de palha roída.

E bateu à porta, enquanto Cordulina se sentava no chão, na beirada do alpendre.

Lá de dentro, uma voz de mulher disse baixinho:

— Abre não, menina, é retirante... É melhor fingir que não ouve...

Chico Bento escutou; e sua voz lenta explicou, dolorida:

— Não vim pedir esmola, dona; eu careço é de ver o delegado daqui...

Um homem de cachimbo no queixo mostrou a cara na meia porta:

— Está falando com ele. O que é?

Chico Bento ficou um instante encarando o homem, reconhecendo-o.

Mas o delegado, impaciente, repetiu a pergunta:

— O que é que você queria?

— Eu vim falar ao senhor mode um filho meu, que desde ontem tomou sumiço. Nós ficamos na estrada, eu assim, variando, muito fraco... e ele veio vindo até aqui. Quando de manhã cacei o menino, não teve quem desse notícia.

— E como é ele?

— Assim comprido, magrinho, a cara chupada... está dentro dos doze anos...

O delegado tirou o cachimbo da boca e calcando com o dedo o tabaco, abanou a cabeça:

— Não tenho jeito que dar não, meu amigo... O menino, naturalmente, foi-se embora com alguém... Um rapazinho, assim sozinho, muita gente quer.

Cordulina ouvia confusamente o que diziam, e chorava, baixinho. Desanimado, Chico Bento sentou-se na mesma beirada de tijolo, junto à mulher.

Ainda na porta, o delegado entrou a fitar o caboclo com insistência, reconhecendo também aquela cara, o jeito de ombros, a fala.

E perguntou:

— Donde você é?

A voz cansada soou fracamente:

— Eu sou filho natural de Iguatu, mas faz muito tempo que morava pras bandas do Quixadá.

O homem procurou arejar a memória:

— Nas terras de dona Maroca?

— Inhor sim, nas Aroeiras...

O delegado abriu a porta e saiu para o alpendre:

— Bem que eu estava conhecendo! É o meu compadre Chico Bento!

Chico Bento pôs-se em pé:

— Inhor sim... Eu também, assim que olhei pra vosmecê, disse logo comigo: este só pode ser o compadre Luís Bezerra... Mas pensei que não se lembrava mais de mim...

O delegado convidou:

— Entre, compadre! Essa é a comadre? Adeus, comadre, entre também! Cadê meu afilhado? Será esse que fugiu?

Cordulina entrava, puxando por um dos meninos, e respondeu:

— Inhor não... O seu afilhado era o Josias, morreu na viagem...

O homem chamou a mulher:

— Eh! Doninha! Venha falar com uns conhecidos! Entre, comadre, ela está na cozinha. Vá entrando!

*

Depois, ficando só com Chico Bento, atentou na miséria esquelética e esfarrapada do retirante:

— Então, compadre, que foi isso? A velha largou você?

— Ela não quis tratar do gado mode a seca, e mandou abrir as porteiras... E eu fiquei sem ter o que fazer. A morrer de fome lá, antes andando...

O delegado quase deixou cair o cachimbo, num assombro:

— Não diga isso, compadre, não é possível! Deixar morrer aquele gadão todinho, sem mais pra quê!

— Pois mandou soltar no dia de São José! Eu ainda esperei obra duma semana...

O delegado se exaltou, gesticulando o cachimbo:

— Aquela velha é uma desgraça! Tenho fé em Deus que o dinheiro que ela poupa ainda há de lhe servir pra comer em cima duma cama... Você não se lembra por que foi que eu saí das Aroeiras, compadre? Me convidou para abrir uma bodega, que me dava mundos e fundos, garantia de um tudo. Gastei o que tinha e o que não tinha em mercadoria, e o resultado foi aquele... Era obrigado a fornecer a ela pelo custo, tinha de fazer isso, fazer aquilo, e ela não me dava interesse de qualidade nenhuma. Um dia mandei tudo pro diabo, liquidei como pude o que possuía, e me larguei pra cá. Inda hoje não me arrependi... Mas você ficou, foi-se fiar nesse negócio de *madrinha Maroca*, teve o pago...

Chico Bento baixou a cabeça, concordando; olhou em redor, a casa caiada, a mesa envernizada uma arca de couro, um relógio de parede:

— É, compadre, você está bem...

Lá de dentro a voz de Doninha chamou o marido:

— Luís, traz o compadre aqui, pra botar qualquer coisa no estômago!

Quando viu Chico Bento abancado, comendo, o delegado saiu da sala:

— Vou mandar dois cabras atrás de seu menino. Não mando praça, porque só tem lá na Redenção. Aqui no Acarape, só requisitando.

Do alpendre, mandou um moleque com um recado, e os dois cabras chegaram:

— Vocês vão ver se encontram um menino, filho de retirante, que atende por Pedro. Sumiu-se esta noite. Vejam lá se dão um jeito de achar. O pai anda em tempo de correr doido e é meu compadre!

Depois foi à cozinha, consolou Cordulina:

— Sossegue, comadre, já mandei caçar seu filho. Se estiver por cima do chão, se acha...

Mas os cabras voltaram ao meio-dia sem o menino.

Um deles não conseguira apurar nada. O outro contou que o menino tinha sido visto na véspera de noite, num rancho de comboieiros de cachaça.

— Naturalmente tinha ido embora mais eles, de madrugada...

Cordulina já quase nem chorava.

Talvez fosse até para a felicidade do menino. Onde poderia estar em maior desgraça do que ficando com o pai?

*

Nesse mesmo dia, à tarde, tomaram o trem para a cidade.

Alma boa, o compadre Luís Bezerra! Tinha arranjado passagens, dera uma roupa sua ao Chico Bento, tinha feito a Doninha arranjar um vestido velho para Cordulina...

E agora, sentados, juntos, apertados, os três meninos que restavam muito agarrados a eles, abrindo os olhos de espanto à confusão de gente que se aglomerava no carro sujo, cuspido, fumacento — com as roupas brancas lavadas contrastando esquisitamente com a espessa sujeira dos corpos —, Cordulina e o marido sentiram o trem apitar e sair correndo, e viram sumir a casa branca com o alpendre do lado, onde o compadre Luís Bezerra, em pé, de mãos nos bolsos, fumava o seu cachimbo.

*

No mesmo atordoamento chegaram à Estação do Matadouro.

E, sem saber como, acharam-se empolgados pela onda que descia, e se viram levados através da praça de areia, e andaram por um calçamento pedregoso, e foram jogados a um curral de arame onde uma infinidade de gente se mexia, falando, gritando, acendendo fogo.

Só aos poucos se repuseram e se foram orientando.

Cordulina acomodou-se como pôde, ao lado do cajueiro onde tinham parado.

Da banda de lá, um velho deitado no chão roncava, e uma mulher de saia e camisa remexia as brasas debaixo de uma panela de barro.

Cordulina foi à sua trouxa, e tirou de dentro um resto de farinha e um quarto de rapadura, última lembrança da comadre Doninha.

Deitado na areia, calçado com um pano, já o Duquinha dormia. Os outros dois metiam a mão na farinha engolindo punhados.

Chico Bento olhava a multidão que formigava ao seu redor.

Na escuridão da noite que se fechava, só se viam vultos confusos, ou alguma cara vermelha e reluzente junto a um fogo.

Tudo aquilo palpitava de vida, e falava, e zunia em gritos agudos de meninos, e estralejava em gargalhadas e em gemidos, e até em cantigas.

E estendendo a vista até muito longe, até aos limites do Campo de Concentração, onde os fogos luziam mais espalhados, o vaqueiro sacudiu na boca uma mancheia de farinha que lhe oferecia a mulher, e procurando quebrar entre os dedos um canto de rapadura, murmurou de certo modo consolado:

— Posso muito bem morrer aqui; mas pelo menos não morro sozinho...

16

Foi Conceição quem os descobriu, sentados pensativamente debaixo do cajueiro: Chico Bento com os braços cruzados, e o olhar vago, Cordulina de cócoras segurando um filho, e um outro menino mastigando uma folha, deixando escorrer-lhe pelo canto da boca um fio de saliva esverdeada.

Já sabia Conceição que Chico Bento havia retirado: Vicente, da derradeira vez, contara a venda do gadinho dele e o caso das passagens.

E a moça, todos os dias, na confusão de gente que ia chegando ao Campo, procurava descobrir aquelas caras conhecidas, que deviam vir bem chupadas e bem negras, provavelmente irreconhecíveis, com sua casca grossa de sujeira.

Afinal ali estavam. Foi realmente com dificuldade que os identificou, apesar de seus olhos já se terem habituado a reconhecer as criaturas através da máscara costumeira com que as disfarçava a miséria.

E marchou para eles, com o coração estalando de pena, lembrando-se da última vez em que os vira, num passeio às Aroeiras feito em companhia do pessoal de dona Idalina: Chico Bento, chegando do campo, todo encourado, e Cordulina muito gorda, muito pesada, servindo café às visitas em tigelinhas de louça.

Por sinal, nesse dia, Cordulina pedira a Conceição e a Vicente que aceitassem ser padrinhos da criança que estava por nascer.

Conceição, porém, nunca vira o afilhado. Já estava na cidade, ao tempo do batizado.

E lembrara-se de ter achado graça ao ver, na procuração que enviara, o seu nome junto ao de Vicente, num papel sério, eclesiástico, em que eles se tratavam mutuamente por nós, bem expresso na fórmula final: "reservando para nós o parentesco espiritual"... Conceição gostara daquele *nós* de bom agouro, que simbolizava suas mãos juntas, unidas, colocadas protetoramente, pela autoridade da Igreja, sobre a cabeça do neófito...

*

Enfim, ali estavam.

E a criança, que outro tempo trazia Cordulina tão gorda, era decerto aquela que lhe pendia do colo, e que agora a trazia tão magra, tão magra que nem uma visagem, que nem a morte, que só talvez um esqueleto fosse tão magro...

— Por aqui, compadre? Quando chegou?

Chico Bento ouviu a fala e ergueu os olhos, numa surpresa:

— Ah! Comadre Conceição! A senhora por aqui? Cheguei ontem.

A moça dirigiu-se a Cordulina:

— E você, comadre, como vai? Tão fraquinha, hein?

A mulher respondeu tristemente:

— Ai, minha comadre, eu lá sei como vou!... Parece que ainda estou viva...

— É este o meu afilhado?

Mas Conceição, que tivera a intenção de o tomar ao colo, recuou ante a asquerosa imundície da criança, contentando-se em lhe pegar a mão — uma pequenina garra seca, encascada, encolhida...

— Cadê a bênção da madrinha, Manuel? Não é Manuel o nome dele?

— É, inhora sim; mas os meninos chamam ele de Duca...

— Vocês vieram de trem, compadre?

— Só do Acarape pra cá. Das Aroeiras até lá tinha-se vindo por terra...

Conceição, que olhava um dos meninos, nu, tão magro que era um espanto ver aquele ventre tão grande se suster numas pernas tão finas, horrorizou-se:

— Virgem Maria! Como foi que um bichinho destes aguentou! Só milagre!

Cordulina fez um gesto cansado de mãos. O vaqueiro murmurou:

— Só Deus Nosso Senhor sabe...

*

Um silêncio pesou sobre eles, tristemente.

Súbito, Conceição o rompeu:

— Compadre, vou ver se arranjo um ranchinho melhor para vocês. Do lado de lá tem assim uma espécie de barraquinha de zinco, onde morava uma velha doente com uma neta. A velha morreu ainda agora, e uma família tomou a menina. É melhor para vocês...

E saiu, puxando o grupo:

— Venham! Comadre, pegue suas trouxas; tragam os meninos. Antes que cheguem outros e tomem...

*

Lá, de fato, era melhor. O chão era limpo e duro, não se tinham de enterrar na areia mole, havia um lugarzinho protegido para acender o fogo, indicado por três pedras pretas e alguns tições apagados.

Conceição mostrou-lhes as vantagens e concluiu:

— Pois se acomodem aqui, que é melhor. Agora venha comigo, compadre, receber a ração de comida, que está na hora. Não têm uma vasilha?

E saiu depressa, segurando as pregas da sua saia de lã azul, em direção ao local da distribuição; atrás dela Chico Bento arrastava os pés, curvado, trêmulo, com a lata na mão estendida, habituado já ao gesto, esperando a esmola.

17

Vicente ia revendo com carinho as grandes pedras de Quixadá que se destacavam abruptamente sobre a vastidão arranhenta da caatinga, erguendo, céu acima, as enormes escarpas de granito.

A luz lhes dava gradações estranhas, desde o cinzento metálico, e um azul da cor do céu, e o outro azul de violeta pálido, até ao negro do lodo que escorria em grandes listas, sumindo-se nas anfractuosidades, chamalotando as ásperas paredes a pique.

Surgiam ao longe, como uma barreira fechada e hostil, os serrotes ligando-se aos serrotes, num alinhamento amontoado.

Mas o trem ia-se aproximando, perfurando, penetrando, e à medida que avançava, as montanhas cerradas se afastavam, como se abrissem o passo ao monstro resfolegante que chegava.

*

O trem parou, Vicente desceu, e se sentiu logo envolvido pelos braços das irmãs:

— Como se foi, Cente?

— Viu Conceição? E a tia Inácia? Está achando bom na cidade? Ele ria-se:

— Virgem! Esperem aí! Ainda estou zonzo do trem!

Lourdinha abriu a sombrinha bordada:

— Vamos andando... No caminho Cente conta. O bonde já está enchendo...

Com uma irmã de cada lado, o rapaz se dirigiu para o bondezinho de burro, parado no meio do sol, já quase cheio de gente que, sentada, esperava a partida pacientemente, sob o mormaço forte.

Em caminho, ele foi dando as notícias:

— Tia Inácia vai bem. Conceição faz parte da comissão de senhoras que distribuem socorros no Campo de Concentração.

— Certo? Você viu como é? Imagino o horror!

— Não tive tempo de ir ver; ela até me convidou...

Mas, parando subitamente, Vicente, que olhava o bonde e uma moça que subia, voltou-se rindo para as irmãs:

— Vejam como a Mariinha Garcia tem as pernas grossas!

Lourdinha o repreendeu, também rindo:

— Você não tem vergonha!... Deixa a perna da moça em paz! Ele se defendeu:

— Pra que vocês andam agora com umas saias tão justas? Vão subir no bonde, mostram até a batata da perna...

E quando subiram ao bondezinho, a Mariinha Garcia, sentada defronte, estendeu a mão ao rapaz:

— De volta, sr. Vicente? Como vai tudo pela Capital?

— Mais ou menos bem... Só se fala na seca.

A moça, com um pequeno sorriso intencional — era conhecido e até muito exagerado em Quixadá, o namoro de Conceição com Vicente —, continuou:

— Como vai sua prima?

— Muito bem, obrigado. Mandou lembranças para os conhecidos...

O bonde deu um tombo forte. Lourdinha bateu com o queixo no castão da sombrinha, muito fino e comprido. Alice, a irmã mais nova, risonha e barulhenta, soltou uma gargalhada estrepitosa.

Vicente, que também rira com Mariinha, notou que a moça tinha uns lindos olhos e uma curiosa graça no riso.

Um pouco mais, os burrinhos pararam, e o boleeiro girou o breque com um ressoar mastigado de correntes.

Mariinha desceu, mostrando novamente um palmo de perna; e antes de entrar em casa, ainda se voltou para Alice e Lourdinha, dando adeusinho com a mão.

*

No dia seguinte, de madrugada bem cedo, Vicente, no seu cavalo pedrês, galopava na estrada.

De longe ainda apareceu-lhe a casa do Logradouro, erguida no seu alto.

As janelas verdes, cerradas, o alpendre vazio, o curral, com a poeira seca do estrume meio varrida pelo vento.

Defronte à janela do quarto de Conceição, uma forquilha onde sempre havia uma panela de barro com um craveiro se espetava sozinha, sem planta e sem panela, estendendo para o ar os três braços vazios.

E na frente do alpendre, um gato faminto, esguio como uma cobra, miava lamentosamente.

Quando, enfim, chegou em casa, e deixou o cavalo sob o pau-branco, João Marreca veio recebê-lo.

— Bom dia, compadre. Tudo bem?

— Tudo bem, graças a Deus...

— E o gado?

— Vai indo... Mas depois que o senhor saiu, morreu a Fidalga.

E mostrava o couro lavrado, espichado em varas, de encontro ao oitão.

Vicente verificou o espichamento, e entrou em casa, seguido pelo vaqueiro:

— Eu já esperava isso... Aquela, coitada, não durava mais nem dois dias...

*

À noite, já novamente em Quixadá, bebendo e fumando numa roda de botequim, falou-se sobre o trato de gado, e alguém perguntou a Vicente:

— E vale a pena? O capital que você tem em gado, fora as perdas, dará para cobrir sua despesa e seu trabalho?

Ele bateu a cinza do cigarro e encolheu os ombros:

— Não sei... Para mim, isso agora já é um capricho... Tomei a peito e vou ao fim... Se salvar tudo, lucro muito, se nada... Paciência...

Um dos da roda gracejou:

— Ou quebra, ou bota relógio!

Um outro, meio bêbado, gritou, segurando com entusiasmo o copo, onde a cerveja espumava:

— Homem é assim! Opinioso até ali! Eu também, começando, acabo! Nem que rache!

E erguendo mais alto o copo, que brilhou com um lampejo de ouro à luz do carbureto, declamou com a voz pastosa, os olhos abertos num esgar heroico:

> — *Palmatória quebra dedo,*
> *Chicote deixa vergão*
> *Cacete quebra costela*
> *Mas não quebra opinião!...*

18

Sentado na salinha da rua de São Bernardo, o velho chapéu entre as pernas, uma tira áspera de cabelos envesgando os olhos, Chico Bento conversava com Conceição e a avó sobre o futuro, o seu incerto futuro que a perversidade de uma seca entregara aos azares da estrada e à promiscuidade miserável dum abarracamento de flagelados.

Tristemente contou toda a fome sofrida e as consequentes misérias.

A morte de Josias, afilhado do compadre Luís Bezerra, delegado do Acarape, que lhes tinha valido num dia bem desgraçado! — a morte do Josias, naquela velha casa de farinha, deitado junto de uma trave de aviamento, com a barriga tão inchada como a de alguns paroaras quando já estão para morrer...

E aquele caso da cabra, em que — Deus me perdoe! — pela primeira vez tinha botado a mão em cima do alheio... E se saíra tão mal, e o homem o tinha posto até de sem-vergonha, e ele tão morto, tão sem coragem, que o que fez foi ficar agachado, aguentando a desgraça...

Os olhos da moça se enchiam de água, e comovidamente dona Inácia levantou os óculos, passando o lenço pelas pálpebras.

O vaqueiro continuou a falar, no mesmo jeito encolhido, estirando apenas, uma vez ou outra, o braço mirrado, para vergastar o ar numa imagem de miséria mais aguda, ou de desespero mais pungente...

Depois era a fuga do Pedro, e aquela noite na estrada em que a mulher, estirada no chão, com o Duquinha de banda, todo o tempo arquejou, variando, sem sentidos, como quem está para morrer.

E ele de cócoras, junto dela, com os dois outros meninos agarrados nas pernas, não teve forças nem de se mexer, de caçar um recurso, nem de, ao menos, tentar descobrir um rancho...

Agora, felizmente, estavam menos mal. O de que carecia era arranjar trabalho; porque a comadre Conceição bem via que o que davam no Campo mal chegava para os meninos.

Conceição concordou:

— Eu sei, eu sei, é uma miséria! Mas você assim, compadre, tão fraco, lá aguenta um serviço bruto, pesado, que é só o que há para retirante?!

Ele alargou os braços, tristemente:

— A natureza da gente é que nem borracha... Havendo precisão, que jeito? Dá pra tudo...

Ela lembrou:

— Olhe, todo dia, você ou a comadre apareçam por aqui, e o que nós juntarmos, em vez de se dar aos outros, guarda-se só pra vocês. Eu vou ver se arranjo alguma coisa que lhe sirva... Assim uma vendinha de água, hein, Mãe Nácia?

Dona Inácia ajeitou os óculos.

— Sim, uma venda de água... A questão é o animal...

A caridade da moça esbarrou no animal. Onde iria buscar um jumento? E ampliou mais vagamente as promessas:

— Um emprego qualquer... Há de se dar um jeito!

Duro e seco na sua cadeira, Chico Bento ouvia. Depois, lentamente, lembrou:

— E o Tauape, comadre?

Conceição acolheu com calor aquela lembrança oportuna:

— Ah! O Tauape! Lá, naturalmente, é fácil de se arranjar!

Chico Bento retificou:

— Fácil não era não... — Que ele tinha visto muitos, bem recomendados, voltando porque não tinha mais ferramenta.

— Só se a comadre arranjasse um cartãozinho do bispo...

— Pois eu vou ao palácio do bispo! Fique certo. Vou e arranjo. Mais um ou dois dias, e você está no Tauape...

O vaqueiro levantou-se para ir embora.

Conceição cochichou com a avó, e entrou pelo corredor, gritando:

— Espere aí, compadre! Tenho uma encomendazinha para você levar pros seus meninos...

*

E quando ele saiu, com um saquinho cheio na mão, no andar arrastado e trôpego que era agora o seu andar, a moça, do postigo, ficou vendo-o ir-se pela rua quase deserta, até que se sumiu na volta da esquina.

Então, voltando à espreguiçadeira, deixou-se cair, e ficou longamente cismando na pobre criança morta de fome a roer famintamente uma raiz venenosa; parecia até que a via de olhos arregalados, mastigando com esforço, um fio de baba terrosa lhe escorrendo do canto da boca...

A avó, que vinha de dentro, a veio encontrar ainda sentada, os olhos perdidos, o pensamento nos contos lúgubres da seca, as tranças escuras caídas em redor do rosto pálido, as mãos no regaço do vestido branco, calada, triste, imóvel; e a velha sentou-se numa cadeira próxima, dividindo o silêncio com a neta.

*

Uma carta, caindo por entre as frinchas do postigo, acompanhada de um grito: "Correio!", a fez erguer-se.

A carta era do sertão, de Lourdinha. Agradecia o vestido, "muito bom, muito bonito, exatamente como queria". E no fim, dando notícias de todos, falava no irmão: "Cente vai bem, sempre trabalhando muito. Disse que gostou muito da cidade, que você estava praticando para santa. Mas, parece — ou talvez seja apenas pensamento meu — que veio um pouco triste daí..." E terminava maliciosamente: "O que você terá feito com ele?..."

Conceição teve um sobressalto:

— Eu?! E ainda por cima ele é quem está triste?

Mas a avó reclamava a leitura da carta. E a moça pausadamente a leu toda, bem devagar, para Mãe Nácia não perder nem uma palavra... E pulando as últimas linhas, passou rapidamente às despedidas, guardando só para si todo o período que aludia à esquisita tristeza de Vicente.

19

Armado com um cartãozinho do bispo e um bilhete particular de Conceição à senhora que administrava o serviço, Chico Bento conseguiu obter o ambicionado lugar no açude do Tauape.

No bilhete, a moça fazia o possível para comover a destinatária; e a senhora, apesar de já se ter habituado a esses pedidos que falavam sempre numa pobreza extrema e em criancinhas famintas, achou jeito de desentulhar uma pá, e ela mesma guiou o vaqueiro aturdido, com seu ferro na mão, e o entregou ao feitor.

Duramente Chico Bento trabalhou todo o dia no serviço da barragem.

Só de longe em longe parava para tomar fôlego, sentindo o pobre peito cansado e os músculos vadios.

E o almoço, ao meio-dia, onde, junto ao pirão, um naco de carne cheiroso emergia, mal o soergueu e animou.

Já era tão antiga, tão bem instalada a sua fome, para fugir assim, diante do primeiro prato de feijão, da primeira lasca de carne!...

E até lhe amargou o gosto daquela carne, lembrando-se de que Cordulina, a essa hora, engolia talvez um triste resto de farinha, e junto dela, devorada a magra ração, os meninos choravam...

Mas, à tarde, quando sentiu tinir no bolso o jornal ganho, um novo sentimento o animou.

Tinha finalmente algum dinheiro — só dois níqueis, é bem verdade! —, mas dinheiro ganho com seu esforço, com os calangros dos seus braços, e que o auxiliaria a alimentar a filharada esfomeada...

*

Cordulina já o esperava meio inquieta. Desde que o Josias morrera e o Pedrinho fugira, vivia cheia desses terrores de morte e abandono.

Bastava que Chico Bento demorasse um nada, para que ela andasse aflita, ansiosa, tremendo por qualquer nova desgraça a que chegasse sem se saber como.

Ele trazia um pão, rapadura e um pouco de café.

E o alvoroço da meninada que o acolheu, e lhe arrebatou as compras, bem lhe pagou as tristes horas do dia, curvado sobre a pá, em tempo de morrer de calor e cansaço...

*

Mais tarde, já deitados, Cordulina lhe falou, meio hesitante:

— Chico, a comadre Conceição, hoje, cansou de me pedir o Duquinha. Anda com um destino de criar uma criança. E se é de ficar com qualquer um, arranjado por aí, mais vale ficar com este, que é afilhado...

— E o que é que você disse?

— Que por mim não tinha dúvida. Dependia do pai...

— E tu não tem pena de dar teus filhos, que nem gato ou cachorro?

A mulher se justificou amargamente:

— Que é que se é de fazer? O menino cada dia é mais doente... A madrinha quer carregar pra tratar, botar ele bom, fazer dele gente... Se nós pegamos nesta besteira de não dar o mais que se arranja é ver morrer, como o outro...

Chico Bento calou-se e ficou olhando uma estrelinha, quase no rebordo do horizonte, que esmaecia aos poucos, ao passo que a lua vermelha, enorme e lustrosa, ia se levantando devagar.

Mas, detrás dele, a mulher insistiu:

— Que foi que você resolveu, Chico?

Sem se voltar, fixando ainda a estrelinha moribunda, ele concordou:

— É... dê... Se é da gente deixar morrer, pra entregar aos urubus, antes botar nas mãos da madrinha, que ao menos faz o enterro...

*

Numa das vezes em que foi buscar as sobras de comida que dona Inácia lhe guardava, Cordulina levou o Duca, com a camisinha lavada, escanchado ao quadril, tão triste e tão magro que não tinha para onde descarnar mais, e petrificadas as feições numa careta de choro, parado e sem voz.

Conceição, vendo-a entrar, gritou alegremente:

— Foi de vez, comadre? Agora não leva mais! Pobrezinho de meu afilhado! Que é que tem dentro dessa barriga tão inchada, Manuel?

Mas, mal o quis tomar ao colo, o pequeno acentuou hostilmente a careta chorona e agarrou-se à mãe, incrustando-lhe no ombro a sua pequena garra enegrecida.

Com muito custo, Cordulina o pôs no chão. Duquinha ficou de cócoras, encolhido, agarrado ao pé da mesa, como um bicho bravo assustado, grunhindo surdamente de desconsolo e de medo, a qualquer aproximação.

E para que ele a não visse sair, a mãe, depois de ir à cozinha arrecadar a sua trouxa, retirou-se escondida, passando pela alcova.

Conceição aproximou-se de novo, procurando atrair o afilhado com agrados, com comida.

Mas Duquinha não se mexia, agarrado nervosamente ao seu pé de mesa. A moça insistiu. Trouxe um pouco de leite e chegou-se ao menino.

A mãozinha seca empurrou o copo com raiva, com brutalidade, derramando o leite; e na mesma obstinação agressiva ficou repelindo tudo, enquanto Conceição, desolada, já não sabia o que fazer.

Ao meio-dia, dona Inácia teve uma ideia: fez Conceição, com uma colher, por detrás dele, chegar-lhe um pouco de leite à boca.

Quando o menino cuidou em si, já engolia. E gostando, deixou de se revoltar, chupou sofregamente a colher, e entrou a beber com fúria, com uma pressa áspera e esfaimada, abrindo desmedidamente a boca e reclamando com gritos quando a moça se demorava.

Mas não se movia dali. O bracinho empretecido e seco envolvia sempre o pé da mesa.

E quando enfim dormiu, num sono leve e arfante, foi com susto, com infinitas cautelas que a madrinha o despregou, para o levar à redinha armada perto de sua cama.

Vendo isso, dona Inácia estranhou:

— Para que esses luxos? Por que você não bota o menino no quarto de criada, com a Maria?

— O pobrezinho está tão doente, Mãe Inácia! Pode acordar de noite, e a Maria é mesmo que uma pedra!...

*

Fosse pela falta da mãe, ou fosse por um atual excesso de alimentação, ou apenas em consequência das misérias sofridas, Duquinha caiu muito doente.

Conceição mal dormia, sempre pertinho da criança, que estirada na rede, com muita febre, não comia, imóvel e indiferente feito um defunto.

Cordulina mal aparecia, sempre de carreira, sem poder abandonar o marido e os outros filhos. E de saída, os olhos agradecidos envolvendo a moça, dizia sempre:

— Deus lhe paga isso, minha comadre! São Francisco das Chagas vai dar à senhora tudo o que o seu coração pedir!

Veio um médico, um moço sério, de óculos, que aplicando no doente o seu termômetro de cordão de ouro, murmurou:

— Trinta e nove e meio!

Conceição perguntou:

— Morre, doutor?

— Não sei... Esses meninos da seca são tão milagrosos que às vezes escapam...

E apalpando os bracinhos ressequidos como asas depenadas, as pobres perninhas atrofiadas:

— Mas também que esqueleto a senhora foi arranjar! Há retirantes que têm crianças mais sadias...

A moça explicou:

— Este não escolhi, doutor. É porque é meu afilhado...

— Então é como um defuntinho que minha mulher recebeu, também porque era afilhado. Tinha vindo a pé desde o Icó! Mas morreu...

E ao se afastar, acrescentou:

— No entanto, tenha esperança... Pode ser... Há tanto milagre no mundo!

*

Quinze dias compridos e angustiados Duquinha levou para uma melhora sensível.

Enfim já se sentava na rede e pegava com as mãos incertas a tigela de leite ou de caldo.

E já não olhava a madrinha com a primitiva expressão assustada. Tinha para ela olhares agradecidos e meigos, que a acompanhavam a circular no quarto, e demoravam longamente, com uma fixidez brilhante, nas pregas do seu vestido branco, nos laços de suas tranças.

Conceição toda se desvelava em exageros de maternidade.

E a avó, vendo o cuidado dela, e o carinho com que cercava a criança, dizia às vezes:

— Ah, menina! Quando acaba, você diz que não é boa para casar!...

*

Uma tarde, no Campo, Chico Bento chamou Conceição à parte, com ares preocupados:

— Comadre, se a senhora me desse uma palavrinha...

Ela se aproximou, sentou-se:

— O que é, compadre?

O vaqueiro pigarreou, cuspiu para o lado, procurou a frase inicial:

— Minha comadre, quando eu saí do meu canto era determinado a me embarcar para o Norte. Com a morte do Josias e a fugida do outro, a mulher desanimou e pegou numa choradeira todo dia, com medo de perder o resto... Eu queria primeiro que a senhora desse uns conselhos a ela; e ao depois que me arranjasse umas passagenzinhas pro vapor. Esse negócio de morrer menino é besteira... Morre quando chega o dia, ou quando Deus Nosso Senhor é servido de tirar...

Conceição mordeu o lábio, pensativa:

— Isso não, compadre! Eu acho que a comadre tem uma certa razão... Estas crianças não suportam uma viagem numa gaiola, de Amazonas acima... E mesmo que aguentem o navio, o que é que fazem com as doenças?

Chico Bento lembrou:

— Também pensei no Maranhão...

Cordulina volveu, assombrada:

— Que Maranhão, Chico, Deus me livre! Tu não tens visto dizer que morre lá família inteirinha de sezão, que nem se fosse de peste?...

Conceição assentiu, riscando pensativamente com a unha as pregas da saia:

— É... eu tenho ouvido dizer que há muita febre no Maranhão... Também acho que não serve para vocês...

Chico Bento deixou cair os braços magros, num gesto de desânimo:

— Então que é que se há de fazer? A senhora bem está vendo que eu não posso ficar aqui, nesta desgraça... Serviço no Tauape quase não tem mais... Onde é que eu arranjo com que dar de comer aos filhos, se não for de esmola?

Àquela alegação amarga e justa, Conceição calou-se; depois murmurou lentamente:

— Lá isso é... Mas também o Amazonas, hoje, não vale a pena... Nem ao menos borracha está dando dinheiro... E no Maranhão, pelo que dizem, é mesmo que ir buscar a morte...

E ficaram os três indecisos, calados. Conceição atentando novamente nas pregas de sua saia, Cordulina com as mãos cruzadas no regaço e os olhos baixos, Chico Bento apalpando tristemente a cara ossuda, com a vista perdida num ponto indeterminado.

Perto deles, o cego da viola cantava para seu auditório esmolambado; e a toada dolorida chegava de mistura com o hálito doentio do Campo:

No céu entra quem merece
No mundo vale quem tem...

....

Eu como tenho vergonha
Não peço nada a ninguém..
Que me parece quem pede
Ser cativo de quem tem...

Subitamente, Conceição teve uma ideia:

— Por que vocês não vão para São Paulo? Diz que lá é muito bom... Trabalho por toda parte, clima sadio... Podem até enriquecer...

O vaqueiro levantou os olhos, e concordou, pausadamente:

— É... Pode ser... Boto tudo nas suas mãos, minha comadre. O que eu quero é arribar. Pro Norte ou pro Sul...

Timidamente, Cordulina perguntou:

— E é muito longe, o São Paulo? Mais longe do que o Amazonas?

— Quase a mesma coisa. E lá não tem sezão, nem boto, nem jacaré... É uma terra rica, sadia...

Chico Bento ajuntou:

— Eu já tenho ouvido contar muita coisa boa do São Paulo. Terra de dinheiro, de café, cheia de marinheiro...

Conceição levantou-se, rebatendo o vestido:

— Pois então está dito: São Paulo! Vou tratar de obter as passagens. Quero ver se daqui a alguns anos voltam ricos...

Com seu modo tímido, Cordulina chegou-se a ela:

— E o Manuel?

— Ah! Esse é meu, não dou mais. Vou fazer dele um homem! Não, comadre, aquele vocês não levam!...

E despedindo-se, Conceição saiu vagarosamente, pensando que poderia dar bom impulso à roda daqueles destinos, levando-os a um caminho melhor, mais suave e mais largo...

20

As passagens se obtiveram não sem custo.

Conceição conheceu a maçada das esperas intermináveis nas salas de Palácio, onde se espalhavam grupinhos de sujeitos cochichadores. Exibindo largamente o seu dúplice cordão amarelo, atravessado no peito, o ajudante de ordens vagava pelo salão. E à moça veio à lembrança uma velha do Aracati, que o apelidara de "Dois de Ouros"...

Enfim, aí estavam na sua mão os papelinhos azuis:

COMPANHIA NACIONAL
LLOYD BRASILEIRO
3ª CLASSE
UMA PASSAGEM

★

Por que a comoveu tanto alvoroço triste com que foi recebida por Chico Bento, quando chegou com as passagens?

Ele estendera a mão ossuda, e nos seus olhos doentios uma estranha faísca luziu:

— Amém!

Era de tardinha. E quando Conceição saiu, ele ficou ali, imóvel, estirado no chão, fitando a miséria tumultuosa do Campo, que toda se agitava naquela hora de crepúsculo.

O sol poente se refletia vermelho nos trapos imundos e nos corpos descarnados.

Chico Bento olhava para o cenário habitual, mas já com o desinteresse, o desprendimento de um estrangeiro.

Um dia ou dois, e nunca mais veria aquela gente que vivia e formigava ao seu redor, chocalhando os ossos descobertos, arrastando em exclamações a voz lamentosa.

Uma velha, arranchada perto, chegou-se com tigela de café. Era serviçal e boa. Protegida por uma das senhoras, sempre tinha regalias: café, açúcar, pão, que repartia com os vizinhos.

Ofereceu o café ao vaqueiro:

— Um golezinho, seu Chico?

Ele tomou a vasilha e, com a mão parada no ar, ficou um instante fitando a velhinha em pé, à sua frente.

Mais algumas horas, talvez, e nunca mais a veria, tão boa, tão caridosa! E se algum dia voltasse, daí a muitos anos... já ela era tão velha, onde estaria? — um pequeno monte de terra, talvez nem sequer uma cruz...

Cordulina aproximou-se enxugando os olhos:

— Você já sabe, Sinhá Aninha, que nós vamos todos pro São Paulo?

Sinhá Aninha pôs as mãos, num espanto ansioso:

— Meu Deus! E quando?

— Quando, Chico?

Ele custou a responder. Qualquer coisa lhe travava a garganta, penosamente.

Seria possível que fossem saudades daquela miséria, daquele horror?

E a vista interior do vaqueiro mostrou-lhe a imagem da casa abandonada, fechada e viúva, nas Aroeiras...

— Quando, Chico?

— Depois de amanhã...

*

No dia do embarque, em casa, dona Inácia, abrindo o postigo, mostrava o sol que envolvia a rua, o céu e encandeava os olhos:

— Que exagero, Conceição! Você há de ir à praia com semelhante sol! Essa gente não embarca do mesmo jeito?

A moça teimava: iria; a avó insistiu:

— E sozinha! Vai apanhar um defluxo, ficar ainda mais queimada!

Conceição riu:

— Ora, Mãe Nácia, para que esse enjoo? Diga logo que sim! Você diz sempre!

E foi colocar o chapéu diante do espelho da sala.

O relógio bateu horas.

Conceição apressou-se:

— Virgem! Já é tarde! Até já, Mãe Nácia! Não fique zangada, seja boazinha!

A velha ainda fez um gesto para a reter. Mas quando a neta a beijou, e marchou para a porta, ela gritou, num consentimento de última hora:

— Pois ao menos tenha juízo!

*

Eles já estavam na ponte, magros, encolhidos, apertados uns contra os outros, num grupo miserável e cheio de medo.

Cordulina não chorava mais. Na véspera, quando fora despedir-se do Duquinha, parece que esgotara as lágrimas; e com os olhos secos olhava fixamente as ondas que iam e vinham, batendo nos pilares de ferro.

Embarcavam poucos retirantes, naquele navio. Só eles, e, mais além, um outro grupo cerrado e imóvel; afastado a um lado, um homem de chapéu de couro, moreno, esperançado, consolava docemente uma rapariga, que soluçava encostada num monte de sacas brancas.

Chico Bento fitava o navio, escuro e enorme, com sua bandeira verde de bom agouro, tremulando ao vento do Nordeste, o eterno sopro da seca.

Sentia como que um ímã o atraindo para aquele destino aventuroso, correndo para outras terras, sobre as costas movediças do mar...

Conceição, chegando, precisou lhe tocar no ombro para o acordar da fascinação.

O vaqueiro virou-se para ela, que vinha toda de branco e risonha, e murmurou lentamente:

— Já estava com medo de que não viesse...

Quando o bote encostou à escada, dando guinadas violentas, indo e vindo, numa dança, Conceição chamou:

— Está na hora...

Chico Bento estendeu-lhe a mão:

— Adeus, comadre...

Uma comoção profunda a pungiu, ante aquela calma sofredora, suave, que escondia tanta reserva de resistência.

— Adeus, adeus, seja feliz!

Depois foi Cordulina.

Numa efusão repentina abraçou a moça, beijando-lhe as mãos, articulando por entre o choro que à última hora irrompera:

— Deus lhe pague! Nossa Senhora lhe proteja! E tenha sempre caridade com o pobre do meu filhinho!

Gravemente, um dos pequenos estendeu também a mão:

— Adeus!

O catraieiro chegou, agarrou um menino em cada braço e desceu a escada correndo.

Assombrados, os pobrezinhos principiaram a dar gritos agudos. Já Cordulina descia também, vagarosa e trêmula, rebocada por outro catraieiro que lhe gritava:

— Vamos, dona, depressa! Olhe quando o bote encosta, para pular!

E ela pulou, sem jeito, empurrada.

Depois foi Chico Bento, numa agilidade inesperada, transpôs sozinho o espaço entre a escada e o bote.

Lá de cima, a moça os ficou vendo ir, novamente agarrados, sempre fitando o mar, com os mesmos olhos de ansiedade e de assombro.

Iam para o desconhecido, para um barracão de imigrantes, para uma escravidão de colonos...

Iam para o destino, que os chamara de tão longe, das terras secas e fulvas de Quixadá, e os trouxera entre a fome e mortes, e angústias infinitas, para os conduzir agora, por cima da água do mar, às terras longínquas onde sempre há farinha e sempre há inverno...

O bote já era um pequeno ponto, uma verruga negra aderida ao navio.

Conceição lentamente deu as costas, e enxugou os olhos molhados no lenço com que acenara para o mar.

Um negro dos guindastes, que fumava, ao sol, com gotas de suor aljofrando-lhe a testa preta e brilhante, olhou-a admirado, abanando a cabeça:

— Tem gente pra tudo, neste mundo! Uma moça branca, tão bem pronta, chorar mode retirante!...

21

— Cente, me leve! Eu tinha tanta vontade de ir ver essa rama! E agora que é de mandacaru! Olhe, eu vou mesmo nesse outro cavalo que já está selado aí...

— Tolice, Lourdinha! Você logo não vê que eu não vou lhe levar pro mato, ao meio-dia em ponto?

— Me leve, deixe de ser ruim!

— Está ouvindo, mamãe? A Lourdes quer por força ir comigo para a rama, agora! Eu levo?

Lá de dentro, dona Idalina gritou:

— Tolice, Lourdes!

Lourdinha entrou, resmungando. Mas voltou ao alpendre, rodeou com o braço o pescoço do irmão:

— Me leve, Centinho... Pelo bem que você me quer...

— Ora!

— Pelo bem que você quer a Conceição...

Ele riu-se:

— Não quero mais bem a ela...

— Jure!

— Pra quê?... posso jurar... — E cruzando todos os dedos da mão, numa sucessão de XXX, pilheriou: — Juro até por esta penca de cruzes...

A moça fitou-o, séria:

— Deveras? Bem que eu maldei...

— Maldou o quê?

— Nada... Quando você veio da cidade... Foi lá a briga, não foi?

Vicente franziu as sobrancelhas, desentendido:

— Que briga? Não houve briga nenhuma, não..

— Mas, então?!...

Vicente desviou o assunto, que não lhe agradava:

— Olhe, sua perguntadeira, se você quer mesmo ir, vá-se vestir. Não se ponha depois com empalhe...

A moça pulou:

— Ah! Me leva sempre!

— Vai por sua conta. Se não aguentar o sol, não fui eu o culpado.

Vicente já estava pronto, de botas, esporas, e chicote na mão.

Lourdinha saiu correndo. Em dois minutos voltou, com uma saia de pano azul muito comprida, e um chapelão de palha na cabeça.

Foram até aos animais: as duas selas eram para homem.

— Você tem mesmo coragem de ir assim?

A moça riu-se:

— Ora, se tenho! Me ajude, ande!

Mas, andando um quarto de hora, Lourdinha pediu um lenço ao irmão:

— É para botar no pescoço; o sol é quente como todos!

Vicente parou o cavalo:

— Eu não dizia? Você pega a teimar! Quer voltar?

Ela bateu alegremente na rédea, com um muxoxo:

— Que voltar! Só falei no sol por brincadeira... Você é tão cheio de nove-horas, parece um velho!

Mas, lá na rama, depois de suportar heroicamente uma hora inteira de mormaço escaldante na sombra mesquinha dum juazeiro mutilado, Lourdinha fraquejou.

Começou a sentir um suor frio nas frontes, uma tontura na cabeça; abria os lábios ressequidos, tentando ansiosamente respirar um pouco de ar fresco. Mas na boca entreaberta entravam apenas lufadas de vento pesado e quente, que era feito um bafo de forno.

A tonteira aumentou e a moça foi-se encostando ao tronco, num desmaio.

Um caboclo que trabalhava perto, vendo-a assim, muito pálida, procurando com as mãos trêmulas agarrar-se à árvore, correu para Vicente que estava longe, em pleno sol, ajudando a segurar um garrotinho caído.

— Seu Vicente, a dona Lourdes parece que deu uma agonia...

O rapaz correu para a irmã, gritou por uma cabaça de água, molhou-lhe a testa, chamando-a, aflito:

— Lourdinha! Lourdinha!

Ela abriu os olhos com um sorriso descorado, envergonhada de sua fraqueza.

Ele, sentando-a num toro de madeira, exclamava:

— Eu não disse? Você pensava que este sol era brinquedo?

Depois, risonho, já tranquilizado:

— Mulher lá é gente pra andar no mato!

Quando o sol abateu mais, montaram de novo, e saíram em direção à cidade.

Lourdinha falava, ria-se, procurando disfarçar o seu fiasco.

Em redor deles, a eterna paisagem sertaneja de verão: cinza e fogo...

E o sol que se punha parecia mais próximo, mais quente, queimando cada vez mais forte a pobre terra calcinada.

*

O que desolava Vicente, o que enchia seu coração enérgico de um infinito desânimo, era a triste certeza da inutilidade do seu esforço.

Em vão, mal amanhecia, iniciava a labuta sem descanso, e atravessava o dia todo no duro vaivém do serviço sem tréguas, cavando aqui uma cacimba, consumindo partidas de caroço de algodão, levantando, com suas próprias mãos, que o labor corajoso endurecera, as reses caídas de fraqueza e de sede.

Parecia, entretanto, que o sol trazia dissolvido na sua luz algum veneno misterioso que vencia os cuidados mais pacientes, ressequia a frescura das irrigações, esterilizava o poder nutritivo do caroço com tanto custo obtido.

As reses secavam como se um parasita interior lhes absorvesse o sangue e lhes devorasse os músculos, deixando apenas a dura armação dos ossos sob o disfarce miserável do couro puído e sujo.

Apenas um desejo as animava: beber sem interrupção a água salobra das cacimbas, como se aqueles goles salgados, mornos, densos, lhes restituíssem saúde e vida.

As ovelhas se reduziam agora a dez cabeças lamentáveis que marravam e gemiam, sacudindo a lã imunda pela aspereza dos caminhos, roendo famintamente alguma dura casca de marmeleiro que as cabras desprezavam.

Morria tudo.

Em vão se desdobrava o moço em cuidados, em trabalhos que só ele, na sua tenacidade de maníaco, empreendia e suportava...

Já o couro da Fidalga, seco e dobrado, estava a um canto do armazém; e junto dele o da Mimosa, o da Asa Branca, o da Andorinha, quantos mais, quantos mais!

Agora mesmo, já outra vez caíra a novilha raceada que fora de Chico Bento.

Lembrando-se dela, de um pulo, Vicente levantou-se da rede do alpendre, onde se deitara, fumando um cigarro pensativo.

João Marreca, sentado no seu eterno banco, o cachimbo no queixo, um dos pés na borda do assento, voltou-se, admirado, com o brusco movimento do moço.

— Compadre João, já tornaram a levantar a novilha?

— Já, inhor sim. Indagorinha. Quando o compadre estava jantando.

— Foi? Admira, eu não vi. Botaram uma raminha verde pra ela?

— Rama verde de onde?

— Pois é possível que na vazante não tenha mais um galho de rama?

— Tem o quê, compadre!

E o João Marreca abanava no pescoço esguio — onde o pomo de adão escorregava e subia — a sua grande cabeça de pele amarela, de olhos agudos, de cabelinhos ásperos semeados ao acaso na face e no queixo:

— Tem o quê! Vazante, só pra verão curto... Aquilo carece do salzinho da chuva mode dar alguma coisa... Nem que agoe como aguar...

Vicente passeava, assobiando, desesperado e furioso:

— E o que é que se faz?

— É esperar... Ter fé nos poderes de Deus e esperar... Pode ser que Nossa Senhora ajude...

*

No dia seguinte, chegando em casa, em Quixadá, encontrou a Mariinha Garcia que estava com as irmãs, numa conversa animada sobre qualquer coisa de muito engraçado, que abalava as moças em grandes risadas.

Ele entrou, trazendo ainda nos olhos a fadiga da noite ruim, quase passada em claro, no vaivém da rede, que participava de sua inquietação e de seu nervoso, agitando-se num balanço seco e rangedor, *ram, rem, ram, rem!*... como se estivesse também neurastênica e exausta.

Durante a vigília triste mais do que nunca o atormentara a angústia de seu isolamento, a medonha desolação em que andava a sua vida.

A seca, com aquele sol eterno, Conceição com sua indiferença tão fria e longínqua, e o gado moribundo, os roçados calcinados, tudo crescia a seus olhos, na sombra espessa do quarto, em desmedidas proporções de pesadelo.

Afinal sua energia e sua paciência se revoltavam; naquela hora de opressão, o que queria era uma solução cortante, rápida, que acabasse de vez com a espera sem fim dum ano tão comprido e tão mau.

Pois que desaparecera a esperança de inverno e de verde, desejava ao menos riscar um fósforo, pegar fogo à terra, acabando em labaredas ligeiras a obra vagarosa do sol.

Depois, vinha Conceição.

Pensou em trazê-la à força, roubada, talvez, passando por cima de preconceitos e protestos, vendo-a chorar, com os grandes olhos cheios de água, os cabelos escuros rolando soltos nas costas, cobrindo-lhe a face assustada.

E o confuso plano dum rapto, filho de sua insônia febril, o transportava em emboscadas escuras, com brilho de aço nos canos de rifle, cabras armados, facas saindo da bainha...

Pouco depois, desejava apenas esquecê-la, fazê-la sair de sua vida para todo o sempre, para nunca mais... Queria somente que a lembrança dela se sumisse, como se some um peixe que foge por entre as malhas da tarrafa e mergulha de vez na água revolta...

Ela, porém, voltava, impertinente, desdenhosa, com os seus olhos distraídos, falando em mortes e esmolas...

Perto, no curral, a novilha caída arfava.

E a rede mastigava sua cantiga seca de velha histérica, *ram, rem, ram, rem!...* odiosa, como tudo que o cercava.

*

Mariinha foi quem primeiro notou sua palidez:

— Como o senhor está abatido! Está doente?

Alice saltou da cadeira, reparando também no irmão:

— É, Cente, você está com uma cara! O que foi?

Ele sacudiu os ombros, puxou uma cadeira:

— Nada! Uma noite passada quase em claro por causa de algumas reses caídas...

Lourdinha já tinha corrido lá dentro, para trazer o café.

E Alice, carinhosamente, lhe tirava o chapéu, e lhe alisava o cabelo umedecido de suor junto das frontes. Vicente, sob a ação calmante da carícia fraternal, virou-se para Mariinha, que o olhava com um riso distraído:

— Em que é que estavam conversando, tão engraçado, quando cheguei?

— Nada... tolices...

Alice interveio:

— Conte, Mariinha, ande, conte de novo!

E voltando-se para o irmão:

— É uma história que aconteceu com a prima dela, na festa de Guaramiranga...

E como Vicente insistia, Mariinha começou a divertida história dum namoro da prima, complicado com um cartão, um moleque, e que findava por uma surra no galã, num sereno de festa, na madrugada de Natal.

Ela contava com graça, embora um pouco pedante, repuxando os rr, estirando os ss, num exagero de correção.

Vicente mal notou isso; andava tão carecido de alegria e de presença feminina!

E quando Lourdinha chegou com o café, muito quente e cheiroso, ele ria com gosto do caso da prima, sentindo a envolvê-lo uma doce atmosfera de apaziguamento, de afeto, onde sua alma fatigada encontrava derivativo e repouso.

22

Setembro já se acabara, com seu rude calor e sua aflita miséria; e outubro chegou, com São Francisco e sua procissão sem fim, composta quase toda de retirantes, que arrastavam as pernas descarnadas, os ventres imensos, os farrapos imundos, atrás do pálio rico do bispo, e da longa teoria de frades a entoarem em belas vozes a canção em louvor do santo:

Cheio de amor, cheio de amor!
as chagas trazes
do Redentor!

E no andor, hirto, com as mãos laivadas de roxo, os pés chagados aparecendo sob o burel, São Francisco passeou por toda a cidade, com os olhos de louça fitos no céu, sem parecer cuidar da infinita miséria que o cercava e implorava sua graça, sem nem ao menos ensaiar um gesto de bênção, porque suas mãos, onde os pregos de Nosso Senhor deixaram a marca, ocupavam-se em segurar um crucifixo preto e um grande ramo de rosas.

E novembro entrou, mais seco e mais miserável, afiando mais fina, talvez por ser o mês de finados, a imensa foice da morte.

*

Sentada na espreguiçadeira da sala, Conceição lia, com os olhos escuros intensamente absorvidos na brochura de capa berrante.

Na paz daquela manhã de domingo, um silêncio doce tudo envolvia, e algum ruído que soava logo era abafado na calma sonolenta.

Maciamente, num passo resvelado de sombra, dona Inácia entrou, de volta da igreja, com seu rosário de grandes contas pretas pendurado no braço.

Conceição só a viu quando o ferrolho rangeu, abrindo:

— Já de volta, Mãe Nácia?

— E você sem largar esse livro! Até em hora de missa!

A moça fechou o livro, rindo:

— Lá vem Mãe Nácia com briga! Não é domingo? Estou descansando.

Dona Inácia tomou o volume das mãos da neta e olhou o título:

— E esses livros prestam para moça ler, Conceição? No meu tempo, moça só lia romance que o padre mandava...

Conceição riu de novo:

— Isso não é romance, Mãe Nácia. Você não está vendo? É um livro sério, de estudo...

— De que trata? Você sabe que eu não entendo francês...

Conceição, ante aquela ouvinte inesperada, tentou fazer uma síntese do tema da obra, procurando ingenuamente encaminhar a avó para suas tais ideias:

— Trata da questão feminina, da situação da mulher na sociedade, dos direitos maternais, do problema...

Dona Inácia juntou as mãos, aflita:

— E minha filha, para que uma moça precisa saber disso? Você quererá ser doutora, dar para escrever livros?

Novamente o riso da moça soou:

— Qual o quê, Mãe Nácia! Leio para aprender, para me documentar...

— E só para isso, você vive queimando os olhos, emagrecendo... Lendo essas tolices...

— Mãe Nácia, quando a gente renuncia a certas obrigações, casa, filhos, família, tem que arranjar outras coisas com que se preocupe... Senão a vida fica vazia demais...

— E para que você torceu sua natureza? Por que não se casa?

Conceição olhou a avó de revés, maliciosa:

— Nunca achei quem valesse a pena...

Dona Inácia foi saindo da sala, para guardar o manual e o terço:

— Moça que pega a escolher muito acaba ficando na peça... •

Conceição reabriu o livro – pô-lo sobre os joelhos. Com os braços erguidos, recompôs os cabelos soltos que já lhe invadiam o rosto, sacudidos pelo vento que entrava através da rótula aberta.

Pensava:

"A gente precisa criar seu ambiente, para evitar o excessivo desamparo... Suas ideias, suas reformas, seu apostolado... Embora nunca os realize... nem sequer os tente... mas ao menos os projete, e mentalmente os edifique..."

Lá de dentro, dona Inácia gritou:

— Conceição! O Manuel está brincando perto da cacimba!

A moça levantou-se aflita; correu ao quintalzinho acanhado, onde um poço, dividido pelo muro, abria a meia cara.

— Duquinha! Ande para casa! Seu cabrito! Se cair na cacimba, morre! Eu já não disse?!

O menino veio, apressado e tímido, reunindo afobadamente numa lata uns carretéis vazios e uma bruxa de pano. Chegou-se a Conceição, levantou para ela os olhos, que ainda não tinham perdido de todo o ar de espanto e medo.

— Ande brincar na sala, junto da madrinha!

E a moça entrou pelo corredor, seguindo a criança, que ia à frente, no seu passinho incerto, os pés muito grandes, as pernas ainda muito finas, mal disfarçada, sob a camisinha asseada, a marca das privações sofridas.

— No cantinho, ali... Brinque direitinho... Tome uma figura...

O pequeno estendeu a mão para o reclame de dentifrício com que a Conceição marcava o livro. Na gravura, uma moça ria, mostrando uns dentes alvíssimos.

Gravemente Duquinha a fitou, num esforço de compreensão. Depois, riu-se, parecendo reconhecer alguém na figura:

— Ah! a Badinha! Óia a Badinha!

Entusiasmado, agarrava com mais força o cartão, machucava-o, esfregava nele a ponta do dedo, na alegria de sua descoberta:

— A Badinha! A Badinha!

Conceição quis reencetar a leitura:

— Pois sim! Vá-se sentar. E brinque caladinho que a *Badinha* quer ler.

Mergulhou os olhos no livro; as letras negras clamavam: "E a eterna escrava vive insulada no seu próprio ambiente, sentindo sempre que carece de qualquer coisa superior e nova..."

Conceição murmurou:

— O seu ambiente...

Circunvagou os olhos pela sala, pelos quartos, a mesa cheia de livros, fixou-os em Duquinha que sentado no chão fazia a bruxa cavalgar a lata...

— É preciso criar seu ambiente... e até, no meu, brinca uma criança...

Depois, encolhendo os ombros:

— É tão complexo, isso de ambiente... Afinal... Mas sei lá!...

23

Conceição passava agora quase o dia inteiro no Campo de Concentração, ajudando a tratar, vendo morrer às centenas as criancinhas lazarentas e trôpegas que as retirantes atiravam no chão, entre montes de trapos, como um lixo humano que aos poucos se integrava de todo no imundo ambiente onde jazia.

Dona Inácia, as vezes que podia, acompanhava a neta nessa labuta caridosa, em que a moça empregava o melhor da sua natureza.

De vez em quando, porém, a avó tinha que repreendê-la por quase não comer, por sempre chegar em casa atrasada, por consumir todo o ordenado em alimentos e purgantes para os doentinhos do Campo; ela respondia, rindo:

— Mãe Nácia, eu digo como a heroína de um romance que li outro dia: "Não sei amar com metade do coração..."

Ao que a avó respondia, aborrecida:

— Pois vá-se guiando por heroína de romance, e depois não acabe tísica...

Mas apesar de censurar os exageros da neta, seu coração de velha avó todo se confrangia e mortificava com a mortandade horrorosa que aquele novembro impiedoso ia espalhando debaixo dos cajueiros do Campo. E sua bolsa de couro preto já estava com a mola gasta de tanto fechar e abrir.

*

Uma tarde, em que a velha, na sala, entrançava o seu eterno crochê, uma retirante bateu à porta pedindo uma esmola por amor de Deus "para matar a fome dum inocente...".

Era uma mulher alta e seca, com uns olhos grandes, amarelados, de expressão fugidia.

Trazia ao quadril o *inocente*, que lhe procurava encostar a cabeça à espádua; ela, porém, duramente o repelia, num seco encolher de ombros.

Dona Inácia, que chegara à janela, notou que a pobre criança respirava num estertor penoso, com a boca meio aberta e os olhos revirados.

— Mulher, você não está vendo que esse menino está doente?

— Estou, inhora sim... Mas que é que eu hei de fazer?

Já a velha abria a porta:

— Pois entre, sente-se ali, deite o menino no seu colo... Ele estará com fome?

A criatura se sentara no sofá, e o pequeno, numa posição mais cômoda, parecia sofrer menos.

À pergunta de dona Inácia ela arrastou:

— Está, inhora sim... Mas, a bem dizer, é mesmo que não estar, porque de-comer não serve mais para ele... Não engole mais nada... Eu é que estou com uma fraqueza, em tempo de dar um passamento... ainda não botei um bocado na boca, hoje...

— E no Campo de Concentração não dão mais comida, não? Diz que lá ninguém morre de fome!

— Ora, se não morre! Aquilo é um curral da fome, doninha!

Dona Inácia saiu em direção à cozinha.

Quando voltou, com um prato numa mão e uma colher na outra, a rapariga deitava no sofá a criança que piorara.

— Está aqui, para você levantar as forças...

Famintamente, a mulher devorou tudo. Depois, pondo a colher no prato vazio, limpou os beiços nos molambos do braço:

— Deus lhe pague, doninha...

E ficou indecisa, como querendo dizer alguma coisa que a envergonhava.

Dona Inácia percebeu-lhe o enleio:

— O que é?

— Eu queria lhe pedir outra caridade... A senhora ficar aqui mais o menino mode eu ir chamar a mãe dele... Pra ela não dizer que eu botei fora o filho dela...

Dona Inácia admirou-se:

— E então ele não é seu filho?

A mulher, envergonhada, enrolando nos dedos as beiradas imundas do casaco em tiras, confessou:

— É não senhora... A mãe me empresta mode eu pedir esmola mais ele... Sempre dão mais, a gente indo com um menino...

Dona Inácia levou as mãos ao rosto, e alçou os olhos, num assombro:

— Santa Mãe de Deus! Tem gente para tudo, neste mundo!

A mulher continuou, como se desculpando:

— De tarde eu dou a ela uma parte do que tiro nas esmolas... Aí, a gente faz o que pode para não morrer de fome...

E ficou ali, parada, esperando alguma palavra da velha. Dona Inácia, que já estava junto da criança e lhe procurava derramar sobre a língua ferida e encoscorada uma gota de água, levantou os olhos para a mulher:

— Pois vá! Eu fico com o menino.

*

Quando Conceição chegou, e viu a avó debruçada sobre a criança, gritou alegremente:

— Você também, hein, Mãe Nácia? Tratando de menino de retirante!

Comovida, indignada, dona Inácia contou à moça a história do aluguel; Conceição murmurou:

— Eu já tinha ouvido falar nisso, mas não acreditei... Está aí... No sofá, o menino piorava.

A velha e a neta, compadecidas, em vão tentavam obter qualquer melhora.

A criança arquejava, com o peito crescido, os olhos virados, a boca entreaberta, deixando ver a língua rachada e negra.

E quando, algumas horas mais tarde, a mãe chegou, acompanhada da mulher dos olhos amarelos, o pobrezinho estirado, rígido, as pálpebras descidas, já estava morto há algum tempo, tendo entrançadas no peito, tais como dona Inácia piedosamente as cruzara, as suas mãozinhas arroxeadas e secas.

A mulher fitou com os olhos enxutos o filhinho defunto.

Depois, virou-se desabridamente para a outra, com uma fúria repentina:

— Se eu tivesse dado o pobre do bichinho a outra, não tinha morrido! Desgraçada! Isso foi maltrato com a criança!

A rapariga avançou, com mais fúria ainda, o cabelo cor de estopa lhe franjando a cara contraída:

— Criança! Boca de criança! Uma mundiça pra morrer, que não dava mais nem um caldo!

— Mundiça, mas há duas semanas que você come à custa dele! Agora quero ver se só com o outro eu posso passar!

Dona Inácia, horrorizada, fez calar as mulheres:

— Vocês não têm vergonha? Isso que fizeram era bom de pagarem na cadeia! Explorar assim uma criança! Então não compreendem?!

Conceição interveio:

— Mãe Nácia, é a fome, a miséria... Coitadas! Tenho mais pena delas do que dele.

A velha, com os olhos cheios de água, voltou a fitar o pequenino morto. Depois, foi ao quarto do Coração de Jesus, tirou do jarrinho que o enfeitava uma rosa vermelha e mirrada — triste flor de verão — e meteu-a entre os dedos do menino, dizendo baixinho:

— Pobrezinho! Deixou de sofrer! E é mais um anjo no céu...

24

Enfim caiu a primeira chuva de dezembro. Dona Inácia, agarrada ao rosário, de mãos postas, suplicava a todos os santos que aquilo fosse "um bom começo".

Conceição, comovida, pálida, de lábios apertados, a testa encostada ao vidro da janela, acompanhava a queda da água no calçamento empoeirado, o lento gotejar das biqueiras e de um jacaré da casa defronte, que deixava escorrer pequenos riachos por entre os dentes de zinco.

Na solenidade do momento, ninguém se movia nem falava.

Só a Maria, a preta velha da cozinha, irrompeu pelo corredor, acocorou-se a um canto e, engulhando lágrimas e mastigando rezas, resmungava:

— O inverno! Senhor São José, o inverno! Benza-o Deus!

*

Foi estranha a impressão de Vicente, acordando de madrugada, com um barulho desacostumado no telhado.

— Chuva? Possível?!

Meteu os pés da rede, correu ao alpendre:

— Chuva!

Chuva fresca e alegre que tamborilava cantando na velha telha, e corria nas biqueiras empoeiradas, e se embebia depressa no barro absorvente do terreiro!

Vicente, correndo ainda, foi à sala de jantar, escancarou a janela que dava para o curral.

A chuva saraivava de flanco as reses magríssimas, que se encolhiam trêmulas, erguendo olhos de assombrado espanto para o céu escuro.

E os pingos de água, batendo-lhes nos couros ressequidos, como que vazios interiormente, pareciam soar com um retumbo de tambores.

Sofregamente, o rapaz estendeu a cabeça fora da janela.

Entreabriu os lábios, recebendo no rosto, na boca, a umidade bendita que chegava.

E longamente ali ficou, sorvendo o cheiro forte que vinha da terra, impregnado dum calor de fecundação e renovamento, deixando que se lhe molhasse o cabelo revolto, e lhe escorresse a água fria pela gola, num batismo de esperança, a que ele deliciadamente se entregava, sentindo nas veias, mais ativo, mais alegre, o sangue subir e descer em gólfãos irrequietos.

*

A amizade de Mariinha Garcia com as irmãs de Vicente aumentava dia a dia. Era raro chegar o rapaz em Quixadá e não encontrar as três moças juntas, bordando, lendo revistas, conversando em risadinhas e cochichos de confiada intimidade.

Às vezes também aparecia um irmão de Mariinha — o Clóvis —, um moço alourado, enfatiotado, caixeiro da loja do pai, com uns modos distintos de homem de salão, e um pequeno bigode louro que há muito constituía todo o enlevo de Lourdinha.

Ela e Alice não escondiam o plano de casar Mariinha com o irmão.

Conspiravam declaradamente, achando sempre pretextos inverossímeis e ingênuos para os deixar a sós, em longas conversas, na calma penumbra da salinha de visitas.

E Vicente, o pobre, andava tão carecido de alegria e de graça! Ia-se deixando levar. Docemente, o namoro marchava, ao lado do outro idílio, entre Lourdinha e o Clóvis Garcia, que também corria rápido, entretido em conversas na loja, entre a venda de um metro de cambraia e de centímetros de fita.

É verdade que a Vicente nunca ocorrera casar; desfrutava apenas, com uma atenção um pouco negligente, o encanto que lhe vinha da moça, sem querer cuidar em mais nada, com uma grande preguiça de pensar no *depois*...

Enquanto que a pobre Mariinha já alinhava risonhamente as primeiras peças da futura felicidade, e todas as noites sonhava com uma casa muito grande e muito branca, com uns braços fortes de lutador e de apaixonado, com um largo peito de homem onde pousaria a cabeça.

Uma tarde, ao chegar em casa, Vicente encontrou Mariinha de saída:

— Já vai embora? Porque eu cheguei?

A moça garganteou uma risadinha, e desculpou-se:

— Oh! Não senhor! Ia saindo... até me atrasei para o ver. E agora vou chegando mesmo, porque mamãe mandou me chamar.

Lourdinha beijou-a:

— Volte cedo, ouviu, *maninha*?

Maliciosamente, Mariinha perguntou:

— *Maninha*? Por qual lado, se faz favor?

Lourdinha murmurou, sorrindo:

— Por ambos...

Depois que ela saiu, Vicente voltou-se, formalizado, para a irmã:

— Por que você se põe nessa brincadeira de *maninha*? Compromete a moça...

— E o que é que tem? Todo o mundo não vê que você namora com ela?

— Eu?! Ora namoro! Não namoro, não senhora! Eu converso, brinco... Nunca pensei em namoro...

— Pois não é o que parece... Eu, ainda ontem, comentando com o Clóvis...

— Ah! Você com o Clóvis, sim! Agora eu...

Lourdinha pôs-se em pé, com as mãos na cintura:

— Mas, Cente, se você não tem intenções, para que está empatando a moça? Quer fazer o mesmo que fez com a Conceição?

Vicente pulou da cadeira, e interpelou-a, vermelho, exaltado:

— O que foi que eu fiz com a Conceição? Diga! O que eu fiz foi um esforço enorme para ir à cidade, só para a ver, chego lá, acho dona Conceição toda dura, sem querer saber de ninguém... e ainda por cima, fui eu?!...

Lourdinha desculpou-se, admirada:

— Ah! Foi assim? Como você não tinha dito nada, nem ela... pois, com mais veras, pode agora pensar na Mariinha...

— Que Mariinha! Eu logo vi o que vocês queriam! Então você acha, Lourdinha, que no fim de uma seca eu posso andar cuidando em casamento? Como foi que essa moça pensou nisso?...

Lourdinha sentou-se novamente, e alisando as pregas da saia, respondeu devagarinho:

— Pois, Cente, veja lá... eu já estou comprometida com o Clóvis... e ele nem pensa em seca...

Vicente fez um gesto vago:

— Ele é porque pode... Não sou eu... Além disso não tenho vontade nenhuma de casar...

— Mas, Cente, nós nunca supusemos isso! Eu pensava até que você já queria tanto bem a Mariinha!

O rapaz fitou a irmã, irônico:

— Ora, queria bem! Se eu vou lá me ocupar em querer bem a ninguém! Querer bem é ao que é meu...

E mais baixo, os olhos perdidos num recorte de serra, que aparecia através da janela, azul e longínquo:

— De que serve a gente pensar numa pessoa, desejar tanta coisa... sai tudo tão diferente!...

Lourdinha calara-se.

Fitando-o pensativamente, lamentou no irmão uma dessas penas de amor, igual às que exaltavam os heróis dos seus romances, e viu nele um "grande industrial" ou um galã de Escrich... Os olhos absortos de Vicente pareciam traduzir tanta saudade, tanta mágoa! É tão triste a gente "tecer um sonho", para o ver depois embaraçado ou desfeito!...

E infinitamente compadecida, murmurou:

— Você quis muito bem a Conceição!

O rapaz encolheu os ombros. Depois, serenamente, recebendo uma xícara de café que a mãe lhe trazia:

— Creio que por toda esta semana não apareço por cá... o gado faz dó! Está com o focinho por acolá, só de bater na babugem... e eu preciso estar vendo e cuidando...

25

Desde as primeiras chuvas, dona Inácia iniciou seus preparativos de viagem. Desejava ir embora o mais depressa possível. Enfim! Voltava ao Logradouro, ao seu alpendre, à sua almofada, à queijaria!

E Conceição a todo instante se lamentava:

— Antes você nunca tivesse morado comigo, Mãe Nácia! Agora, como é que eu vou me acostumar em casa das Rodrigues? Fico logo uma solteirona, velha como elas... Com você, fazendo sempre os meus dengues, eu tinha a impressão de que era toda a vida o seu bebê!...

Nasceu depois entre elas a questão do menino. Dona Inácia queria levá-lo:

— Mas, minha filha, como é que você aqui, passando o dia na escola, pode tomar conta do Manuel? Deixe que eu o leve para o Logradouro, para o meio dos outros...

Mas Conceição se obstinava:

— Não, Mãe Nácia, ele fica. Tem um quartinho junto do da criada, lá na casa das Rodrigues. E a negra velha me ajuda com ele... Eu já quero tanto bem ao bichinho! E fico menos isolada...

Dois dias antes da saída de dona Inácia, Conceição instalou-se com as Rodrigues. A pequena casa da rua de São Bernardo foi desalugada.

E numa madrugada de terça-feira, chuvosa, escura, a moça acompanhou ao trem a avó, que não cessava de dizer:

— Minha filhinha, eu vou ter tanta saudade de você! Por que não vai comigo? As aulas só reabrem no dia 15...

A neta fez um gesto evasivo:

— Não vale a pena... só pouco mais de uma semana... e imagino como tudo por lá está tão triste!

Dolorosamente, a velha concordou:

— Lá isso é... imagino! — E enxugando pensativamente os olhos: — Ah! O que é que você quer para a gente de Idalina?

— Lembranças, abraços...

Dona Inácia sorriu, com uma pontinha de malícia de avó indulgente:

— E para o Vicente?

A moça murmurou com indiferença:

— Nada... Lembranças, também...

A primeira partida soou. Conceição abraçou com força a avó, e desceu do carro.

Dona Inácia chorava.

*

Mal habituada a viajar, e ainda menos a viajar sozinha, dona Inácia encolhia-se assustada ao canto da poltrona, a cabeça encostada no vidro da janela, a valise no colo, com um vago temor de roubos e de assaltos.

O trem passava agora diante do Matadouro. Urubus riscavam, negrejando, o ar úmido de neblina, impregnado dum cheiro mau de sangue velho.

Dez minutos mais, e o Asilo de Alienados mostrou, num claro, entre mangueiras, a fachada branca da capela. Dona

Inácia ouviu, vagamente, misturados ao barulho das rodas e ao resfolegar da máquina, dois ou três gritos agudos e um fragmento de canção.

O Asilo passou, e Parangaba surgiu, com seus ares de povoação colonial e sua velha igreja de brancas torres quadradas.

Sem cessar, o trem perfurava a paisagem.

Cansada, dona Inácia apoiou a cabeça ao encosto da poltrona e adormeceu.

*

Em Baturité, quando retirava da valise um sanduíche preparado para o almoço, a velha ouviu que alguém a chamava:

— A bênção, Madrin'Nácia!

Na plataforma da Estação, uma rapariga magra, suja, esfarrapada — um dos eternos fantasmas da seca — apertava ao colo um embrulho que vagia e choramingava baixinho.

Dona Inácia não a reconheceu:

— Quem é você?

A rapariga agarrou-se à borda do carro, e gemeu tristemente:

— Pois Madrin'Nácia não me conhece? Eu sou a Mocinha, cunhada do Chico Bento, das Aroeiras...

A velha levou as mãos ao rosto, num espanto desolado:

— Você! Mas Mocinha, o que foi isso?

Encostando a cabeça à janela do trem, a mulher entrou num choro solto e desesperado, que a quebrava toda em soluços.

E murmurou entrecortadamente, arrancando as palavras aos repelões do pobre peito emagrecido, que a força do choro abalava todo:

— Desgraça da vida, minha Madrinha! O Chico tinha-me deixado no Castro, em casa duma mulher que tem uma venda na Estação. Mas eu não aturei muito lá e vim vindo de mão em mão, cada dia pior, até que fiquei nesta desgraça, e ainda por cima, com um filho no peito... O pobrezinho ainda não tem um mês... Não sei como não morri, por aí, aos emboléus, sofrendo tudo quanto é precisão...

Dona Inácia, comovida demais, não sabia o que dizer:

— E você quer voltar para o sertão, Mocinha?

A rapariga levantou tristemente os olhos:

— Pra que, minha Madrinha? Só pra passar mais vergonha? Quem é que vai ter pena de mim? E por este tempo ainda tão ruim, tem lá com que eu sustente a mim e ao meu filho?

— E aqui?

— Aqui, ainda vou vivendo... Tiro esmola, um ou outro me dá um vintém...

Dona Inácia abriu a bolsa, puxou uma nota de cinco mil-réis:

— Pois, minha filha, se você quiser ir pro Logradouro, tem lá mais de uma casa vazia, e eu lhe ajudo no que puder, para você endireitar sua vida... Esses cinco mil-réis dão para a passagem e mais alguma coisinha...

A rapariga recebeu o dinheiro com a mão trêmula e beijou a cédula:

— Deus lhe pague, minha Madrinha, Deus lhe pague! Nossa Senhora lhe dê tudo quanto deseja!

A velha insistia:

— Pense bem, Mocinha. Cuide em viver séria, volte para a sua terra. Tenho tanta pena de ver uma afilhada minha feita mulher da vida!

Timidamente, Mocinha beijou a mão que dona Inácia lhe estendia. O trem ia arfando e partindo.

A rapariga ficou na calçada, aconchegando ao peito o seu embrulho vivente, a silhueta vivamente destacada na luz crua do meio-dia, aparecendo-lhe as pernas finas através da saia rala. Dona Inácia olhou para o seu colo, onde, abandonado, o sanduíche se destacava na fazenda preta.

Com um movimento rápido, a velha agarrou-o, atirou-o à Mocinha, com uma derradeira exclamação de despedida:

— Tome isto! Tinha-me esquecido de dar! Adeus, menina, adeus!

*

Em Quixadá, dona Idalina e as filhas a esperavam na Estação. Antes mesmo de as abraçar, Dona Inácia exclamou, admirada:

— O quê! Vocês ainda aqui, no Quixadá?

Dona Idalina estendeu os braços para a prima, e explicou:

— É por causa do casamento da Lourdes. Aqui é mais fácil, faz-se melhor. E mesmo, lá em casa, ainda está tudo tão ruim, sem leite, sem nada...

Em casa do Major, o vaqueiro do Logradouro e mais alguns moradores que a seca não escorraçara esperavam a patroa.

Na calçada, também a aguardava uma espreguiçadeira de lona — a cadeirinha — presa a dois compridos bambus.

Dona Inácia se dirigiu afetuosamente a cada um dos seus homens:

— Oh! Vocês por aqui! Então não se esqueceram da velha?

E dava-lhes a mão, que eles beijavam, descobrindo-se, num respeito filial, cheio de comoção.

Dona Inácia perguntava a cada um pela família, pelos parentes: — a mulher, os irmãos, comadre fulana, como estavam... E quase todos respondiam tristemente às interrogações consecutivas...

— Morreu...

— Embarcou...

Quando, depois de descansar um pouco, conduzida pelo Major e por dona Idalina, dona Inácia veio se sentar na cadeirinha, admirou-se:

— Que é dos jumentos? Vocês não sabem que eu só gosto de andar de cadeirinha levada por jumento?

O vaqueiro acudiu:

— Minha madrinha não tem os seus caboclos pra carregarem a senhora? Por que se havia de botar animal, tendo nós?

Dona Inácia teimou:

— Mas eu não gosto. Faz-me mal aos nervos. Parece que vão morrendo de cansaço...

Os cabras riram-se:

— Está-se vendo! O peso de minha madrinha mata oito homens!

O vaqueiro ajuntou:

— Mesmo porque os jumentinhos que escaparam não dão pra nada... Ainda estão caindo...

Dona Inácia se conformou e iniciou as despedidas.

Quando ia subindo à cadeirinha, o Major a reteve:

— O Vicente manda pedir muitas desculpas, por não ser ele quem a acompanha hoje. Mas anda tão ocupado, o pobre do menino! Agora é que o gado está dando trabalho. Você compreende...

A velha o atalhou, com um gesto:

— Mas não tem nada! Eu sei a boa vontade dele! E vou muito bem acompanhada!...

*

Lá adiante, em plena estrada, o pasto se enramava, e uma pelúcia verde, verde e macia, se estendia no chão até perder de vista.

A caatinga despontava toda em grelos verdes; pauis esverdeados, dum sujo tom de azinhavre líquido, onde as folhas verdes das pacaviras emergiam, e boiavam os verdes círculos de aguapé, enchiam os barreiros que marginavam os caminhos.

Insetos cor de folha — *esperanças* — saltavam sobre a rama.

E tudo era verde, e até no céu, periquitos verdes esvoaçavam gritando.

O borralho cinzento do verão vestira-se todo de esperança.

*

Mas a triste realidade duramente ainda recordava a seca.

Passo a passo, na babugem macia, carcaças sujas maculavam a verdura.

Reses famintas, esquálidas, magoavam o focinho no chão áspero, que o mato ainda tão curto mal cobria, procurando em vão apanhar nos dentes os brotos pequeninos.

E à porta das taperas, as criancinhas que brincavam e acorriam em grupos curiosos, à vista da cadeirinha, ainda tinham a marca da fome tristemente gravada nos pequeninos rostos ossudos, dum amarelo de enxofre.

Carecia esperar que o feijão grelasse, enramasse, floreasse, que o milho abrisse as palmas, estendesse o pendão, bonecasse, e lentamente endurecesse o caroço; e que ainda por muitos meses a mandioca aprofundasse na terra as raízes negras...

Tudo isso era vagaroso, e ainda tinham que sofrer vários meses de fome.

*

À medida que a cadeirinha avançava, dona Inácia informava-se com o vaqueiro sobre o que sucedera pelo Logradouro.

O homem só aludia a misérias e a mortes. Dos olhos embaciados da velha, as lágrimas desciam, apressadas.

E ao ver a sua casa, o curral vazio, o chiqueiro da criação devastado e em silêncio, a vida morta, apesar do lençol verde que tudo cobria, dona Inácia amargamente chorou, com a mesma desesperada aflição de quem encontra o corpo de alguém muito querido, que durante nossa ausência morreu.

26

Um ano... Dois anos... Três anos...

A banda de música atacou os derradeiros compassos do dobrado.

Da barraca do Correio saíam mocinhas com cartas na mão, perseguindo os rapazes. Outras, vendendo cautelas, circulavam apressadas entre os passeantes.

— Fulano, me fique com esta cautela. Quinhentos réis... Pode tirar um boneco, um lenço de seda, um postal...

— Você não quer este leque? Olhe as costas dele: tem escrito nas varetas o nome duma pessoa...

— Isto tudo? Muito obrigada! Ô menina de prestígio!...

— Aquele diabo é tão sovina que vai correndo para a gente não pegar...

— Se escondeu atrás da igreja, olhe!

*

Já fazia tempo que não havia, em Quixadá, quermesse de Natal tão animada.

O povo se apinhava na avenida, o dinheiro circulava alegremente, as lâmpadas de carbureto espargiam sobre o burburinho focos de luz muito branca, que tornava baça e triste a cara afilada da lua crescente.

Num grupo, a um recanto iluminado, Conceição, Lourdinha e o marido, Vicente e o novo dentista da terra — um moço gordo, roliço, de costeletas crespas e o *pince-nez* sempre mal seguro no nariz redondo — conversavam animadamente.

Depois de responder a uma pergunta qualquer do irmão, Lourdinha chamou o marido:

— Vamos, Clóvis?

E a um "É cedo!" de Conceição, desculpou-se:

— Tenho que ir logo. A minha Heleninha sente tanta falta de mim! Você não calcula, Conceição, como está engraçadinha! Já conhece tudo!...

— E eu não tenho visto? Puxa à mãe...

Lourdinha alargou o sorriso:

— Você acha? Está ouvindo, Clóvis?

Clóvis riu-se:

— Que esperança! Vá pensando! Puxa ao pai e a mais ninguém!

E tomando o braço da mulher:

— Vamos indo. Parece até que daqui eu estou ouvindo os gritos da menina...

*

Conceição ficou olhando pensativamente a moça afastar-se, graciosa, feliz, ao braço do marido, levados ambos pela mesma passada uniforme, como que movida por uma só vontade.

A seu lado, o moço dentista disse qualquer coisa. Despertando de sua cisma, Conceição voltou-se:

— O senhor falou?

— Perguntei qual era o motivo de sua abstração...

— Estava pensando que Lourdinha é muito feliz...

O rapaz insinuou um galanteio:

— Mas, dona Conceição, a senhora não tem felicidade igual porque não quer...

Conceição riu:

— Quem lhe disse?

O moço torceu o bigode com a mão papuda, e seus olhinhos miúdos luziram com malícia:

— Oh! Tiro as minhas conclusões... por mim e pelos outros...

Conceição riu novamente:

— Mas se eu nunca encontrei ninguém que valesse a pena!

Vicente, que até aí estivera calado, afastou-se uns passos, conversando com um amigo que se aproximara.

Conceição fitava-o. O dentista insistiu:

— Mas, dona Conceição, o que a senhora disse é grave... então, nunca o amor...

A moça o interrompeu:

— Ora o amor!... Essa história de amor, absoluto e incoerente, é muito difícil de achar... eu, pelo menos, nunca o vi... o que vejo, por aí, é um instinto de aproximação muito obscuro e tímido, a que a gente obedece conforme as conveniências... Aliás, não falo por mim... que eu, nem esse instinto... Tenho a certeza de que nasci para viver só...

O dedo gordo do moço se espetou no ar, e o anel de grau relampejou amarelo, à claridade da lâmpada.

— Nasceu para viver só? Olhe, dona Conceição, já não ouviu dizer: *"Vae soli!"* Não crê na sabedoria dos antigos?

A moça deu um passo e encolheu os ombros:

— Sei lá, doutor! Os antigos diziam tolices, como todo o mundo... Mas, até logo; Mãe Nácia está-me chamando lá da casa da Lourdinha...

O dentista se descobriu e dobrou-se numa reverência. Vicente, longe, com o amigo, não viu a prima sair. E Conceição se afastou rapidamente.

Em caminho, pensava na citação do rapaz:

"*Vae soli!*" Pedante! Mas Lourdinha parecia tão feliz com a filhinha...

Afinal, o verdadeiro destino de toda mulher é acalentar uma criança no peito...

E sentia no seu coração o vácuo da maternidade impreenchida... "*Vae soli!*" Bolas!

Seria sempre estéril, inútil, só... seu coração não alimentaria outra vida, sua alma não se prolongaria noutra pequenina alma... Mulher sem filhos, elo partido na cadeia da imortalidade...

Ai dos sós...

Mas ao chegar em frente à calçada da prima, onde a avó a esperava, Duquinha afastou-se das saias de dona Inácia, e correu-lhe ao encontro:

— Madrinha! Madrinha! Me dê dois tões para eu comprar um navio de papel!

À vista do menino, adoçou-se a amargura no coração da moça.

Passou-lhe suavemente a mão pela cabeça; e pensou nas suas longas noites de vigília, quando Duquinha, moribundo, arquejava, e ela lhe servia de mãe. Recordou seus cuidados infinitos, sua dedicação, seu carinho...

E, consolada, murmurou:

— Afinal, também posso dizer que criei um filho...

O tropel de um cavalo soou na rua. Reconhecendo Vicente no cavaleiro, Duquinha estendeu a mão ao padrinho, gritando:

— A bênção!

O rapaz viu a prima, sopeou o animal e tirou o chapéu, num gesto largo:

— Boa noite!

Lourdinha ainda lhe gritou um recado para a mãe.

Vicente chegou as esporas ao cavalo, que arrancou, num grande impulso.

E Conceição o viu sumir-se no nevoeiro dourado da noite, passando a galope, como um fantasma, por entre o vulto sombrio dos serrotes.

(Pici, 1929-1930)

GLOSSÁRIO

A

Adeus — Palavra empregada não só em despedida como também em saudação de chegada.

Amojada — Animal que está com o úbere desenvolvido, cheio de leite.

Ancha — Orgulhosa.

Anilado — Azulado pelo efeito do anil.

Aos emboléus — Aos trambolhões; rolando.

Aracati — Vento que vem do mar. É refrescante nas tardes e noites muito quentes.

O termo é usado especialmente no Ceará.

Arção — Parte da frente da sela, feita de madeira, onde o vaqueiro enrola a corda com que vai laçar o gado. É arredondada, para facilitar o manuseio do vaqueiro.

B

Babau — Burro, jumento.

Babujar — Tocar de leve na comida, lambiscar.

Bambochatas — Brincadeiras.

Bondade — Orgulho.

Burel — Tecido grosso de lã, geralmente parda, marrom ou preta, usada nas vestimentas de alguns religiosos e penitentes.

C

Cangalha — Armação de madeira ou de ferro em que se sustenta ou equilibra a carga dos animais.

Capoeiro — Veado de cujo couro se fazem as vestes do vaqueiro.

Capucho — Cápsula que envolve o algodão.

Caritó — Prateleira ou nicho rústico nas paredes das casas sertanejas.

Chapéu de massa — Chapéu de feltro.

Chouto — Trote miúdo e incômodo.

Cirro — Respiração ruidosa dos moribundos.

Coiceira — Que costuma dar coices.

Coivara — Ramagens a que se pôs fogo, na roça, a fim de limpar o terreno e adubá-lo com as cinzas.

E

Empalhe — Demora, atraso.
Em tempo de — Prestes a.
Encandeava — Turvava a vista.
Espritado — Enfurecido, raivoso.

F

Falripas — Cabelos curtos e ralos.
Fato — Vísceras do animal.
Ficando na peça — Ficando pra titia.
Focinho por acolá — Focinho inchado.

I

Inhora — Senhora. Forma respeitosa de tratamento.

J

Jacaré — Cano de metal ou peça de alvenaria que recolhe as águas pluviais de um telhado para despejá-las no solo.
Jirau — Espécie de grade de varas ou tábuas.
Jornal ganho — Salário; pagamento.
Jucá — Madeira muito dura; pau-ferro.

L

Latada — Cobertura improvisada (em geral de folhas de coqueiro) que serve de abrigo; caramanchão rústico.

M

Mais veras — Mais segurança.

Mal empregado — É de lamentar.

Manga — Parte superior de objeto cilíndrico, em geral de vidro, que envolve o farol de um candeeiro a gás.

Marrã — Porca nova.

Mata-bicho — Bebida forte; cachaça.

Matava o bicho — Tomava uma bebida forte; tomava uma cachaça.

Mezinha — Medicamento caseiro.

Morrendo e aprendendo — Vivendo e aprendendo.

Mungunzá — Iguaria feita de grãos de milho, cozidos em calda açucarada, algumas vezes com leite de coco ou de gado. Pode também ser feita apenas de milho cozido, sem açúcar, mas sempre com leite.

N

Nambi — Que tem orelha ou rabo cortado ou atrofiado.

P

Palhetava — Entremeava, salpicava.

Pálio — Manto amplo; capa.

Panasco — Erva que serve de alimento ao gado.

Pisca — "Sai daqui". Voz com que se açula o cão.

Pracianismo — Maneiras finas; traquejo de quem mora na cidade.

Precisão — Necessidade.

Q

Quartau — Cavalo pequeno e robusto.

R

Raceada — De raça.

Resvelado — Deslizado, suave.

Ripuna — Repugna.

Rosilha — Pelo avermelhado entremeado com fios brancos.

S

Sezão — Febre intermitente ou periódica.

Surrão — Bolsa ou saco de couro, usado sobretudo para farnel.

T

Tejuaçu — Lagarto também conhecido como Teiú.

Tratar à vela de libra — Dar excelente tratamento.

Trempe — Arco de ferro com três pés sobre o qual se põem panelas que vão ao fogo.

Tresvariar — Ficar fora de si; delirar.

Turino — Gado holandês ou descendente dele.

V

Vae soli — Vai sozinho.

Vara de prensa — Peça de máquina de fazer farinha de mandioca.

FORTUNA CRÍTICA

Uma revelação: *O Quinze*[2]

Augusto Frederico Schmidt

Acabo, agora mesmo, de ler um romance e não resisto à tentação de sobre ele dizer algo, de comunicar o entusiasmo de que estou possuído, de chamar a atenção para um livro que vem revelar a existência de um grande escritor brasileiro, inteiramente desconhecido. Grande escritor que é uma mulher, incrivelmente jovem. Refiro-me ao *O Quinze*, de Rachel de Queiroz.

A primeira e única pessoa que me falou nesse livro, até agora, foi Gastão Cruls, espírito admirável, sempre atento a tudo o que acontece no Brasil, procurando descobrir as menores manifestações dessa nossa tão apagada, tão bruxu-

---

2 In: *As Novidades literárias, artísticas e científicas*. Rio de Janeiro. 18 ago. 1930. nº 4.

leante vida literária, onde tudo é longamente parado, duma imobilidade quase desoladora.

As rápidas palavras de Cruls não me tinham, porém, dado uma ideia precisa da importância do livro, e foi ainda hesitante que o adquiri numa livraria.

Aos poucos, porém, depois de ter lido uma advertência ou prefácio, onde a Autora nos confessa que o seu livro foi escrito aos dezenove anos, aos poucos, lidas as dez primeiras páginas, tive a noção de todo o valor da obra.

É mais um livro sobre a seca. Dona Rachel de Queiroz descreveu alguns aspectos da vida no interior cearense (de onde o livro nos vem) durante um dos períodos mais dramáticos que o Ceará atravessou, devastado por um sol impiedoso, sem termo.

Não é o primeiro livro, decerto, que trata do assunto; existe quase uma literatura inteira sobre este flagelo brasileiro, porém em nenhum outro encontrei, nem nos bem mais ricos de ocorrências dramáticas como os de Rodolfo Teófilo, nem mesmo nos capítulos dos retirantes de *A bagaceira*, de José Américo de Almeida, que tem, aliás, muitos outros aspectos, em nenhum livro encontrei tanta emoção, tão pungente e amarga tristeza.

Não será uma obra perfeita. Faltará ao *O Quinze* alguma coisa mais para que se o possa chamar precisamente de romance — mas que simplicidade, que sentido perfeito da realidade, que ausência de má literatura, que força direta de contar e de escrever!

Nada há no livro de dona Rachel de Queiroz que lembre, nem de longe, o pernosticismo, a futilidade, a falsidade da nossa literatura feminina. É o livro de uma criatura simples, grave e forte, para quem a vida existe.

É que não tem apenas a compreensão exterior da vida. Livro que surpreende pela experiência, pelo repouso, pelo domínio da emoção — e isto a tal ponto que estive inclinado a supor que dona Rachel de Queiroz fosse apenas um nome escondendo outro nome.

Tudo se passa, em *O Quinze*, dentro de um ambiente de absoluta realidade, tudo acontece com a mais perfeita naturalidade, naturalidade que é mantida em todo o livro sem nenhuma queda.

Livro brasileiro, profundamente brasileiro! Que felicidade o se poder chamar um livro nosso de brasileiro, porque a preocupação brasileira que seguiu o nosso movimento modernista quase que retirou dessa circunstância toda a excelência, tornando-a até uma coisa artificial, à força de intencionalidade.

Livro verdadeiramente brasileiro, livro corrente e claro, livro que consegue manter a forma no mesmo diapasão com o assunto, na mesma simplicidade que os liga admiravelmente.

Não se encontra no pequeno romance que dona Rachel de Queiroz acaba de publicar o mínimo abuso. A própria paisagem de seca, cujo horror podia dar motivo para maior expansão descritiva, a própria paisagem vem apenas necessariamente, em rápidos e sóbrios painéis, tão rápidos e sóbrios, tão ligados com a vida dos personagens, com a vida do livro, que seria impossível se destacar um trechozinho qualquer para antologia. Como estamos longe dessa literatura gênero viagem maravilhosa, dessa literatura exaltada e sem entusiasmo, dessa literatura modernista em que a complicação pretende esconder a mediocridade irremediável da alma.

Não há nenhum sentimentalismo na escritora de *O Quinze*. Constata ela apenas a realidade, sem procurar concluir coisa nenhuma, de uma singela frescura que não pode deixar de comover ao leitor. Não reclama nenhuma providência contra a seca, pois seu livro nada tem de caráter panfletário. Não amaldiçoa a terra, não força sentimento de piedade com invectivas violentas, nem com lamentações pungentes.

Algumas cenas se recortam, ao vivo, na tragédia infinita das terras calcinadas, das terras abandonadas.

O retirante é como uma árvore da estrada estorricada. Por mais que se descreva a epopeia do homem expulso pela própria terra, terra madrasta, ainda e sempre há coisa nova a se dizer. Sem pensar talvez, levada apenas pelo desenrolar da história que nos conta, seguindo uma família de retirantes na sua caminhada, na sua via-crúcis sem redenção, dona Rachel de Queiroz fere de novo um grave problema nacional.

Há pouco, ainda, o Sr. Oliveira Viana insistia, no seu livro *Problemas de política objetiva*, sobre a necessidade de se pensar definitivamente essa chaga terrível, que existe sempre, porque pode chegar de um momento para outro. Já o livro do Sr. José Américo de Almeida, que teve um eco tão profundo na alma nacional, recordou também que a seca existia, mas não era *A bagaceira*, ainda, o livro da seca. Outros problemas o agitavam, o descontentamento diante de outras realidades humanas, a própria vida amorosa dos heróis distraía o leitor do flagelo. E quem lê mais os outros livros sobre o assunto?

Dona Rachel de Queiroz veio falar de novo. É mais uma voz — e tão singularmente forte na sua delicadeza — que vem lembrar aos outros brasileiros que a seca pode chegar de um momento para outro.

O que me seduziu, porém, mais do que o papel político e nacional que a obra adquiriu sem querer, o que mais me encantou foi o que há de literário nela. A linguagem fresca e corrente, onde não se nota o mínimo exagero de caboclismo, linguagem otimamente resolvida que não fere aos ouvidos, que não irrita, como acontece nos livros regionais, em que há sempre um tom de falsidade e de coisa estudada.

Há pouco tempo, ainda, lia eu um outro livro feminino, que conseguiu grande sucesso na França, o *David Golder*, de Irène Nemirovsky, e pensava na importância real que a mulher está tomando agora na literatura. Uma Katherine Mansfield, uma Virginia Woolf, uma Rosemond Lehmann, são autores de primeiro plano nas letras contemporâneas.

Dentro da nossa limitadíssima produção feminina, não me lembro de nada que seja revelador de tanta possibilidade como esse romance escrito por uma mocinha — não obstante algumas informações, que venho de obter, há em meu espírito ainda alguma dúvida sobre a autenticidade desses dezenove anos tão singularmente graves e compreensivos —, uma mocinha que veio, pelo menos, dar aos escritores nossos de hoje, e são raros os que não necessitam, uma lição de simplicidade.

A não ser a *Vida ociosa*, desse tão esquecido e tão forte Godofredo Rangel, *O Quinze* é mesmo o que temos de melhor no gênero. Pode não ter a força descritiva dessa literatura que produziu Os *caboclos* de Valdomiro Silveira — mas é seguramente um dos nossos livros mais naturais, mais perto da verdade. Nem um tipo impossível nele se encontra. Todas as personagens vivem realmente, movem-se numa meia-luz de verdade.

Um amor irrealizado — que a gente não chega mesmo a saber se é amor — envolve todo o ambiente.

Vê-se bem que a autora ficou dentro da sua experiência — contentou-se com o que podia fazer —, não foi além das suas possibilidades psicológicas e por isso foi feliz.

Rachel de Queiroz[3]

Mário de Andrade

É uma criaturinha do Ceará, com dezenove anos, escreve e põe dedicatórias no seu primeiro livro com os mesmos ambiciosos exageros dos principiantes. O livro dela se chama *O Quinze*, e ninguém se engane pelo prefácio sem sal nem açúcar, que promete pouco. O livro vem enriquecer muito a já feliz literatura das secas.

A ficção sobre as secas nordestinas tem dado ao Brasil alguns livros admiráveis. Todos estão recordando comigo *Os sertões* e *A bagaceira*, a que posso por mim ajuntar o *Luzia-homem*, mais deslembrado. Rachel de Queiroz com *O Quinze* nos dá um modo novo de conceber a ficção sobre a seca, e esse modo novo me é especialmente grato porque na espera dele eu me vim

---

3 In: *Táxi e crônicas no Diário Nacional,* de Mário de Andrade. São Paulo, Duas Cidades, 1976, p. 251-252. Publicado originalmente no *Diário Nacional,* em 14 de setembro de 1930.

do Nordeste o ano passado. Até me lembro de ter dado uma entrevista em Natal que chocou bastante pela maneira ríspida com que tratei Euclides da Cunha. Deus me livre de negar que o monumento de Euclides e os outros estejam muito bem e sejam razões de orgulho nosso. São obras-primas literárias. Mas depois que apalpei o Nordeste e uma apenas pequena e passageira seca, sem mortes nem misérias terríveis como consequência, mas com toda a sua ferocidade assustadora, o que me irritou um bocado foi os autores terem feito literatura sobre a seca. Isso me pareceu e continua me parecendo... desumano. O defeito da arte é mesmo transportar os maiores horrores da humanidade e da Terra pra um plano hedonístico, tão contemplativo e necessariamente diletante, que a gente está chorando na leitura e não sofre nada. Chora que é uma gostosura. As dores de fundamento estético, por mais suicídios que tenha causado o *Werther*, não fazem mal pra ninguém. Pelo contrário: desvirtuam a nossa humanidade, literatizam nossos deveres humanos que em vez de se tornarem ativos e eficientes, se desmancham nas misérias das frases bonitas, na recordação das obras de arte e em piedades oratórias. Estou convencido que o livro de Euclides fez um mal enorme pros brasileiros e dificultou vastamente o problema das secas. Fez da seca uma obra de arte, e nós adquirimos, por causa dele, uma noção tangencial dos nossos deveres pra com o Nordeste, uma noção derivada, quase que de função puramente literária. A seca virou bonita e os nossos deveres, a própria consciência dos nossos deveres, ficaram bonitos também. Quase que existe dentro de nós uma razão importantíssima e jamais expressa:

Deixem a seca como está porque se o problema dela for resolvido, o brasileiro perde a mais bonita razão pros seus lamentos e digressões caritativas. Desconfio que nenhum brasileiro terá coragem de confessar a desumanização de origem artística causada nele pela maravilhosa literatice de Euclides da Cunha, mas, queiram ou não queiram, os fatos estão aí provando esta afirmativa urtigante. As soluções diletantes que o problema tem inventado na cabeça de brasileiro, especialmente essa do abandono temporário e despovoamento do Nordeste sertanejo, coisa que no mínimo é uma utopia, o corrimento de discursos e artigos de piedade bons pra gente exercitar a cadência parnasiana das frases, o gosto idiota de enviar socorros quando a desgraça chega, tudo é eloquência, tudo é literatura, tudo é prolongamento do livro de Euclides da Cunha, homem que, embora magnífico, ninguém discutirá que foi literato da maior literária. E, palavra de deus, o próprio jeito exagerado e quase sem nexo com que o dr. Epitácio Pessoa resolveu... acabar com a seca, presidente da República, foi dos mais eloquentes, dos mais literariamente parnasianos dentre os gestos estéticos da literatura das secas.

Rachel de Queiroz, com seus divinos dezenove anos, recheada de literatura, provavelmente loquaz como todo nordestino que se preza, muito lindinha de certo, teve vontade de escrever, que é mesmo por onde a gente começa. Mas, não sei, foi escrever e não é que se esqueceu dessa impiedade luminosa que é peculiar à mocidade? Esqueceu. Escreveu um Prefácio e uma citação em verso, provavelmente dela pois não traz nome de outro autor. Prefácio e verso são literatice mas da gorda

Basta dizer que a versalhada principia: "O sol, qual Moloch das lendas caducas"! O que surpreende mais é justamente isso: tanta literatice inicial se soverter de repente, e a moça vir saindo com um livro humano, uma seca de verdade, sem exagero, sem sonoridade, uma seca seca, pura, detestável, medonha, em que o fantasma da morte e das maiores desgraças não voa mais que sobre a São Paulo dos desocupados. Rachel de Queiroz eleva a seca às suas proporções exatas. Nem mais, nem menos. É horroroso mas não é Miguel Anjo. É medonho mas não é Dante. É a seca.

É mais que uma conversão da seca à realidade, é uma conversão à humanidade. E talvez, impulsionada por esse maravilhoso calor do ser, Rachel de Queiroz achou jeito de humanizar tão dolorosamente o pequeno entrecho amoroso disperso no livro, que a gente se percebe dignificado, por assim dizer, justificado, quando o caso se acaba, tão sublimemente proporcionado à incompetência humana. Os outros escritores da seca criaram obras-primas literárias. Como artistas, como criadores se conservam muito acima de Rachel de Queiroz. Mas essa moça inventou a obra-prima também: Obra-prima, *tout court*.

O sertão em surdina[4]

Davi Arrigucci Jr.

O estilo se suspende diante do que até então tinha sido tratado em namoros com o tom sublime; e interrompe o sentido, suprime fechos, se acaba em surdina.

Vilma Arêas, *Rachel:*
o ouro e prata da casa

Uma jovem professora, em férias na fazenda da avó que a criou, ajeita ao lado da cama o lampião de querosene e alguns livros lidos e relidos. Daí a pouco Conceição recomeçará a leitura, atravessando a noite, até que os resmungos da avó a interrompam pelo adiantado da hora. Momentos antes, fazendo as tranças, demonstrara apreensão, ao interpelar Dona Inácia sobre a falta das chuvas. Março principia, e a avó, com os olhos ainda confiantes no alto, está rezando para são José; vista da janela, a lua limpa

---

4 In: *O guardador de segredos*, de Davi Arrigucci Jr. São Paulo, Companhia das Letras, 2010, p. 87-99.

dá sinal da estiagem que promete persistir além do esperado. O inverno, estação das águas, tarda a chegar ao sertão de Quixadá, já desolado pela seca.

Assim se pode resumir a cena inicial do primeiro romance de Rachel de Queiroz, *O Quinze* (1930). O livrinho era fino e espantoso: a autora era quase uma menina com seus dezenove anos, mais jovem do que a professorinha da ficção. Surpreendeu por isso, mas também pela qualidade literária, reforçando a dúvida sobre sua identidade. Graciliano Ramos julgou ser obra de barbudo; Agripino Grieco duvidou do gênero, mas do gênero literário, pois não sabia dizer se se tratava de romance.

À primeira vista, Rachel dava continuidade à literatura da seca. O tema vinha dos românticos, alastrou-se na crônica jornalística e, na esteira do naturalismo, em romances de fins do século XIX e começos do XX; recebeu impulso decisivo rumo à consciência crítica dos problemas brasileiros com *Os sertões*.

Era José Américo de Almeida quem podia parecer próximo, voltado para a renovação modernista, sobretudo pelas ligações com o grupo do Recife e o manifesto de Gilberto Freyre em 1926. Mas *A bagaceira* (1928) ficou distante. A retórica balofa, o sentimentalismo, o tom de panfleto, quase tudo a afasta da jovem romancista.

Rachel tampouco se filia aos rumos da prosa da vanguarda, mas dependeu das perspectivas abertas pelo movimento de 1922. Formada em casa de intelectuais, ligada ao jornalismo e à política, conhecia de certo a tradição local e os ecos do modernismo.

Não se deve ignorar, porém, o seu enraizamento na tradição literária nordestina. As raízes na terra natal alimentaram sua formação e deram o feitio singular da narradora, marcada pela experiência, pelo modo de ser e pela tradição oral da vida cearense.

A combinação das formas da narrativa oral com o romance, gênero moderno, dependente do livro e da leitura solitária, responde pela fisionomia particular que caracteriza *O Quinze*. A fusão das formas é a base de seu trabalho de arte.

Considerava-se a literatura da seca uma de nossas manifestações literárias mais originais. Era a opinião de Tristão de Ataíde, que redimiu *O Quinze* da massa de romances da época, por revelar, "em sua autora, um autor". Para o crítico católico, não era claro o lugar da mulher na cultura brasileira, e a metafísica de menos pesava mais que as qualidades da romancista.

A questão não é exatamente a de gênero; o ponto de vista feminino está aqui associado à construção literária. Não se trata de um ponto de vista colado ao livro por uma mudança na consideração da mulher em nossa sociedade, mas da experiência histórica de uma situação nova, com a força e a autenticidade das coisas vividas, sedimentada na forma literária do romance. É pela forma artística que se percebe a novidade da experiência, cuja sedimentação formal, pelas mãos da narradora, renova o ciclo da seca.

O pequeno livro de ar despretensioso, magro e ligeiro de porte, como foi visto então, mantém o viço de uma verdadeira obra de arte, com poder de revelação sobre a complexidade da vida brasileira até no fundo do sertão, atingido pelas catástrofes naturais e pelos movimentos da história. Manifestava, já pela adoção da perspectiva feminina, uma nova percepção da mulher e da realidade sertaneja, cujas mudanças são também condicionadas pelo processo geral de modernização do país. Esse processo mais amplo se exprime na novidade formal do romance, cujo modo de ser inclui a dimensão problemática da experiência a que ele dá forma, permitindo, ironicamente, por sua expressão rica e contraditória, uma visão crítica do próprio processo histórico que o condiciona.

A novidade de *O Quinze* depende da conversão da personagem feminina em sujeito, e não em objeto da narrativa. O modo como o consegue é a questão. Trata-se de uma virada da perspectiva literária, coadunada a uma profunda mudança histórica; tem a ver com o horizonte brasileiro no raiar da década de 1930, mas não se reduz a isso e tampouco é mera ilustração do processo histórico.

O que se tem aqui é a forma artística, particular e concreta, de uma experiência humana complexa, encerrada num meio primitivo, aparentemente afastado de toda civilização (o que não é verdade), no momento da catástrofe climática. Tudo experimentado viva e expressivamente na prática pela artista: um universo transposto com precisão e coerência ao plano literário.

Nele o assunto da seca perde peso, para ganhar complexidade e alcance. O texto sai enxuto de carnes, reduzido a capítulos curtos, de corte abrupto, ora apagando-se, como no cinema do tempo, ora suspensos de supetão. À mudança externa corresponde outra na estrutura do enredo: a ação rala nunca se completa direito, inacabada e aberta; dá asas à imaginação. Lacunar e arejado no andamento geral, mas preciso no pormenor, resulta esbatido no todo como se o sertão acabasse por se aninhar na intimidade lírica de Conceição.

Sem deixar de ser fiel às figuras humanas, à paisagem, aos costumes e à linguagem da região, Rachel incorpora com vivacidade a fala comum do meio cearense, para abordar questões sérias e complexas, unindo o social ao psicológico de um ângulo novo, que é o do olhar deslocado de uma leitora solitária.

UMA LEITORA NO SERTÃO

Na verdade, nenhum resumo pode sequer alcançar a poesia que suscitam as imagens iniciais do romance: a cena doméstica rodeada pelo sertão ressequido.

A imagem da jovem leitora, no isolamento do quarto, ressalta sobre todas, contrapondo-se à ameaça que vem do mundo exterior. A delicada figura se forma aos poucos, entremeando-se a pequenos movimentos no interior da casa de fazenda do Logradouro, no Ceará, onde se acham as duas mulheres: Conceição faz as tranças, conversa com a avó, ceia em silêncio, dirige-se ao quarto, olha a lua pela janela, vai até a estante em busca de um livro.

A naturalidade é o que se nota primeiro. Reina uma absoluta ausência de ênfase na linguagem, despida e próxima da fala corriqueira. Os diálogos são curtos, a descrição sucinta, quase se ouve o silêncio.

Na prosa sóbria, notam-se raros termos regionais, ajustados ao ambiente, sem apelo ao pitoresco. O interior da casa parece despojado, lembrando a escassez da paisagem fora; dentro, os gestos são comedidos; mal se entrevê a sutil apreensão que vai tomando conta das duas mulheres, na falta das chuvas. Tudo é vivo, mas nada chama a atenção: o foco só se concentra sobre a leitora solitária.

Um sumário nos dá o retrospecto da vida da moça. Nas férias da escola, ela vem ter sempre com a avó, de quem recebe afeto e cuidados. A normalista de 22 anos parece ter nascido para solteirona, acostumada "a pensar por si, a viver isolada", entregue às leituras e às ideias — até socialistas —, condenando-se ao insulamento, ao optar pela independência e pelo destino diferente do das moças do lugar.

O livro não apresenta uma história; antes se abre pelo descortino de uma interioridade em contraste com o exterior. No conflito latente entre essa interioridade e o sertão, revela-se o desacordo entre uma alma e o mundo — eixo que ordena a construção do romance.

A imagem da leitora solitária é a matriz de toda a organização formal; nela já se desenha a configuração total do enredo como uma unidade de sentido. A partir dela, vê-se que os conteúdos anímicos dão a dinâmica própria da narrativa e constituem o verdadeiro objeto da composição literária.

A narração, concentrando-se no interior da leitora, atua primeiro como revelação lírica. Ganha ainda intensidade maior mediante a linguagem descarnada, sugerindo o modo de ser independente: de um lado, a "seca, com aquele sol eterno"; de outro, "Conceição, com sua indiferença tão fria e longínqua".

É como se Conceição tivesse tudo aquilo de que necessita, dispensando qualquer contato com o mundo que a rodeia. Parece sentir-se integrada na passividade de uma reclusão em que a alma apenas depende da própria alma para viver. No decorrer do livro, a seca não atinge do mesmo modo a todos: a moça e a avó escapam de trem, enquanto Chico Bento e a família, sem posses para as passagens, se veem obrigados a enfrentar as piores agruras do cansaço, da fome, da sede, da perda dos entes queridos, na fuga a pé, sob o sol inclemente.

Só através da solidariedade à miséria dos retirantes Conceição afirmará um vínculo com o mundo de fora. Centrando sobre ela o foco, o romance se desenvolve sobretudo como análise psicológica. No sertão os caminhos são muitos e nenhum; são errância e não podem corresponder à necessidade vital que a faz refugiar-se no exílio interior.

Nenhuma das possibilidades existenciais do repertório tradicional das moças do lugar — amor, casamento, família — pode movê-la, pois para ela tudo parece estar decidido de antemão, encadeada como se acha à resignada solidão e a um precoce desconsolo.

Conceição murcha ou definha desde o princípio, de modo que terá contra si o tempo, desgarrando-se em sua busca errante, à medida que ele passa. Assim, encontrará na paisagem ressequida um espelho moral de si mesma, imagem de seu ressecamento interior.

É a personagem quem aqui imita a escritora, não porque esteja escrevendo um livro sobre pedagogia ou tenha rabiscado dois sonetos, mas porque a paixão da leitura, que a torna única em seu meio, é o acompanhamento natural para alguém que se observa e experimenta a vida à maneira de um escritor. A atitude estética diante da existência nasce de sua opção de vida. O romance vai sendo moldado enquanto forma artística a partir da escolha ética inicial, que afasta Conceição do ambiente. Nada mais oposto à sua interioridade do que o meio em que lhe toca viver.

No entanto, o destino da leitora isolada no quarto, na calma da noite sertaneja, se mostra paralelo ao acontecimento em curso na natureza, a que se vão enredando, de forma análoga, as demais personagens.

Assim surge Vicente, às voltas com o trato do gado faminto em meio à terra esturricada. Vive perto da prima Conceição. A relação amorosa entre eles dá a impressão de repetido desacerto, apesar dos gestos de aproximação. Do seu reduto, a moça julga o tempo todo o pretendente a namorado, afeito ao mato. Vicente, forte e tenaz no trabalho contra a seca — oposto ao irmão, promotor no Cariri —, percebe a distância de Conceição e vai se retirando, simbolicamente envolto na poeira que por fim o leva de vez para longe dela.

Mais adiante, encontra-se Chico Bento, que, a mando da fazendeira desanimada da luta, deverá abandonar à míngua o gado e seguir com a família a triste sina dos retirantes rumo a Fortaleza. Com ele, a história se abre para o social e a amplitude do sertão.

Serão esses os elos de Conceição com o mundo sertanejo; eles a puxam para fora de si mesma, sem corresponderem às aspirações de sua alma, à plenitude de vida que o tempo a uma só vez encarna e afasta do alcance de sua busca.

Desde o princípio, o elemento épico só se vê a distância, confundido com o espaço do sertão. Por isso parece relativamente ralo, e mesmo ao longo da fuga de Chico Bento, momentos fortes e pungentes, tende a mostrar-se abafado, como a natureza no fundo do relato. A moça nunca permanece de todo alheia a essa realidade externa a que acaba enredada por vários fios da história.

Rasante à secura do assunto, quando se estende pelo sertão, a prosa recolhe em surdina os acontecimentos de fora. O sertão em surdina é o ponto de partida e a perspectiva principal do romance.

Arma-se, pois, o contraponto entre a subjetividade lírica e o espaço épico, a terra erma onde até o tempo é espaço, espacializando-se tudo quanto nela se passa: as "estórias" como dirá Rosa, e a história.

Mas a seca traz também consigo o movimento perturbador de um outro ritmo que a todos liga e, ao mesmo tempo, separa: repercute dentro do mais íntimo desde o primeiro instante; resseca o destino de todos, ao reduzir tudo por fim à terra estéril, antes do retorno da chuva.

Vira então o mito da seca, a fábula exemplar que inclui Conceição como figurante, herdeira de destroços, mãe igualmente estéril, cujos sonhos murcharam com o tempo. A natureza, espelho último do ser, guarda perdida sua própria face.

É que para ela a seca, com seu estirão de desgraças, foi um meio de ler o mundo e de buscar-se a si mesma. No espaço deserto, buscou o sentido fugidio de sua existência, selado, desde o começo, na solidão da leitura.

Daí nasce ressequido o romance da desilusão: relato moderno da moça independente, emancipada e infeliz, que só tem por companheiro o livro em sua travessia solitária.

A VOZ DE RACHEL

Desde logo se destaca um dos feitos fundamentais de Rachel: o sábio aproveitamento das formas da oralidade. Sua narração é muito simples e sem discrepâncias da fala culta comum; vem limpa de cacoetes regionalistas, mas perfeitamente integrada às necessidades concretas de expressão de suas personagens e de seu mundo ficcional.

Mas o decisivo é que a voz narradora, em terceira pessoa, atua como se pudesse ser um desses seres, de modo que do ponto de vista autoral se passa naturalmente à subjetividade da personagem, por meio do estilo indireto livre, próximo do monólogo interior — as mesmas armas de que disporá Graciliano, para contar por dentro a experiência de seus retirantes quase sem palavras, resumidos às suas *Vidas secas*.

Cria-se entre Conceição e a voz da narração um elo mimético, em notável jogo expressivo: uma atmosfera aconchegante aproxima o leitor dos estados de ânimo e das reflexões da moça. Modulam-se, a partir da subjetividade de antemão desiludida, os rumores dramáticos que vêm do mar enxuto, a épica do sertão.

Os ruídos da catástrofe ecoam na concna solitária, o quarto de Conceição. Aí, abafado na intimidade, o vasto mundo. O sertão

— espaço também da tradição oral e fonte do narrador — chega ao lugar da experiência individual. Com sua história, apenas pressentido pelos sinais fatídicos da natureza. Só depois se patenteia em palco aberto: a terra estéril da tragédia de Chico Bento.

A mudança decisiva de eixo e perspectiva elimina os velhos descompassos do romance regionalista: as diferenças de classe, de saber e outras entre o narrador culto e o falar rústico das personagens, vício sintomático de cisões mais fundas entre o narrador e um universo do qual ele realmente não faz parte ou ao qual busca ter acesso por meios indiretos.

Ao contrário do narrador tradicional, nela se observa a novidade do ângulo que identifica a voz narrativa à expressão íntima, porque é parte do mesmo universo, voz que nasce da própria terra e faz parte dela quando se distancia para torná--la objeto da narração. O trato linguístico que converte uma linguagem estufada pela retórica no instrumento rente ao real é trabalho de miúdo artesanato: depende da aprendizagem, da observação do meio, da leitura refletida de mestres distantes. É obra de uma narradora nata, capaz de transformar a experiência há pouco acumulada em matéria e arte de sua narrativa.

A fina arte de Rachel dá a impressão paradoxal de coisa tosca em sua simplicidade. Lembra — notou com agudeza Vilma Arêas — o universo do trabalho manual, como se a narradora fizesse obra de rendeira de bilro, ou tecesse os fios da escrita feito Conceição as tranças ou sua avó a renda, devolvendo o texto à sua origem metafórica de objeto tecido. O trabalho de arte parece produto saído da convivência comunitária e da sociedade pré-capitalista, fruto primitivo da região. Ao mesmo tempo, pela personagem feminina independente e emancipada, segue o curso dos tempos modernos que fizeram das professoras, desde o final do século XIX, agentes do processo de modernização da sociedade brasileira, cujas bases a certa altura pareciam depender desse específico "trabalho de mulher" a que se viu ligada a imagem do magistério.

A simplicidade tão à mostra do livro dá lugar a uma complexidade guardada com recatos de sertaneja. Ela decorre das contradições entre a simplificação do estilo e as exigências do desenvolvimento temático, pela mistura de elementos tradicionais modernos que correspondem a temporalidades também diversas e contraditórias, como se observa no paralelismo, de tanta força poética, que aproxima a interioridade moderna e fria de Conceição à paisagem primitiva e calcinada do sertão.

A tudo acompanhará solidário o olhar da romancista, Rachel fala de dentro de seu mundo como quem sabe. Revela um desejo de conhecer para compartilhar, fazendo da ficção o instrumento do olhar que mergulha no outro para exprimi-lo como parte de si mesmo. Com isso, abre caminhos para experiências mais radicais, como a de *Vidas secas* e a do mundo misturado de *Grande sertão: veredas*.

O título de seu livro remete à grande seca de 1915: indício importante do processo de composição, pois que evoca, pela redução metonímica da data à expressão *o quinze*, a catástrofe latente na memória nordestina. Pela idade, a autora não poderia ter vivido os fatos dramáticos que transformaria na matéria de seu romance. Mas Rachel trabalha com os acontecimentos sedimentados na memória social da região, ligados à experiência da narradora que ali se formou. Assim conseguiu dar expressão, de um ângulo pessoal, ao drama da região de modo a torná-lo reconhecível no detalhe concreto e no mais íntimo e, a uma só vez, transfigurado em universo de ficção de valor simbólico geral.

A tudo Rachel imprime de fato a sua "marca de casa", à maneira de Conceição, no romance. E o que resulta é sóbrio, bem-feito, na medida certa.

É que se guia pelo senso prático da narradora, e sabe tornar concreta na expressão a secura real do sertão. Para tanto, depende do procedimento moderno da simplificação, manejado com a perícia da artesã de poucas palavras: talho justo na matéria agreste. A experiência histórica, acumulada na memória regional, ressurge então fundida na forma particular, concreta e nova de sua narrativa: memória coletiva esbatida na câmara íntima da heroína individual.

A seca de 1915 se foi, e depois dela outras, repetindo-se o drama dos desamparados, que são sempre os pobres; a literatura da seca mais parece agora velharia. *O Quinze* guarda, entretanto, o verdor de resistente juazeiro: enigma estampado a seco.

O SERTÃO E O LIVRO

O romance, observou Benjamin, convida o leitor a refletir sobre o sentido de uma vida. Narrativa da era moderna, conta a história da travessia solitária de um herói cuja existência pode aquecer com sua chama a alma de um leitor também isolado pelo ato da leitura. Aqui é esse destinatário ideal o foco de interesse do próprio romance.

No *Dom Quixote*, na origem dessa história, a situação do leitor já está na raiz do gênero. É essa a condição da leitura moderna, que o romance glosa, espelhando sua própria gênese, oposta à tradição oral em que beberam as outras formas de narrativa.

A novidade de *O Quinze* é trazer essa condição moderna da leitura e do gênero para dentro da região do atraso, problematizando-a, sem abdicar da tradição da oralidade, em sua simplicidade artesanal, ao avançar na direção de uma heroína desanimada da vida, cuja modernidade é dada de antemão por sua condição de leitora.

A busca moderna pelo sentido penetra na intimidade do sertão, espaço desértico do percurso solitário da jovem leitora que se prepara para viver, ou para aprender a viver, que é o viver mesmo, como dirá um Riobaldo desacorçoado. Muito diferente dele, porém, que repassa o vivido, ao abrir-se *O Quinze*, Conceição, sem ter ainda vivido, já traz a marca do desencanto do mundo.

O desejo de esclarecimento e emancipação, que a caracteriza, se liga ao gênero de narrativa com que se veicula o percurso de sua vida. Mas também ao processo histórico que, mesmo em meio a região atrasada, se faz presente até nos interiores do homem.

A heroína de *O Quinze* faz parte do mundo mais amplo, além mesmo do sertão, e indicia esse processo, insulada no espaço da interioridade; as transformações por que passa sua existência, à primeira vista atrelada apenas a uma região específica, na verdade apontam, de forma particular, com o halo simbólico que lhes confere o tratamento artístico, para um processo muito mais geral relativo a todos nós.

Contra o escuro, a figura da professorinha alumiada pela luz tosca se recorta com nitidez por força da delicada poesia, e nos deixa vislumbrar a complexidade de um destino que é o seu, mas também o nosso. Destino problemático, com a marca do desencanto, a cota de infelicidade que paga o preço da modernização.

A força literária que vem do livrinho tem a ver com o que em sua sobriedade, revela de todos nós enquanto participantes de uma experiência histórica similar, até nos fundos mais obscuros de nossa alma.

No Brasil, nós nos voltamos para o sertão quando desejamos saber quem somos ou para formular as perguntas para as quais não temos as respostas. Retornamos sempre à terra achada e mesmo ao antes dela: à natureza bravia que não sabemos o que foi ou quando começou, às vezes considerada uma barbárie primitiva — na verdade, inventada pela ideologia dos que vieram depois, em nome da civilização. Desejamos o que permaneceu dentro de nossas cidades e de nós mesmos como a contraparte possível de outra música intocada. E tudo por conta da experiência moderna, que nunca se livrou por completo do que veio antes e nunca foi tão civilizada quanto propaga ser, sendo mais bárbara, tantas vezes, do que os bárbaros que pretendeu desterrar.

O Quinze retoma a busca de um fio perdido no sertão onde de algum modo ficou retida nossa alma, ao perseguir errante seu destino histórico, tão deficiente e mal cumprido.

Por isso tudo, dito com despretensão, em surdina, na voz de uma mulher, está tão vivo e nos toca tanto.

CRONOLOGIA

1910 — Nasce Rachel Franklin de Queiroz, no dia 17 de novembro, primeira filha do juiz de Direito e fazendeiro Daniel de Queiroz e Clotilde Franklin de Queiroz. O nascimento ocorre em casa, no antigo número 86, atual 814, da rua Senador Pompeu, em Fortaleza. Aos 45 dias de nascida é levada para as terras da família na Fazenda do Junco, em Quixadá.

1913 — A vida de Rachel de Queiroz será marcada por frequentes viagens, mas sua referência continuará a ser a Fazenda do Junco, onde morou antes de ganhar do pai a lendária Fazenda Não Me Deixes.

— Deste ano até 1915, Daniel de Queiroz, nomeado promotor em Fortaleza, muda-se com a família para a capital cearense. Moram numa casa na praça do Coração de Jesus. Um ano depois, Daniel de Queiroz abandona a promotoria e vai dar aula de geografia no Colégio Estadual Liceu do Ceará.

— Nasce, em 2 de fevereiro, seu irmão Roberto.

1915 — Nesse ano, a família Queiroz mora numa chácara na avenida Bezerra de Menezes, no bairro do Alagadiço, em Fortaleza, hoje chamado José de Alencar. Inquieto, Daniel de Queiroz volta para Quixadá e passa a se dedicar à plantação de arroz. Encarrega-se da educação da filha, a quem ensina a cavalgar, nadar e ler. "Mamãe punha-me livros nas mãos desde meus 5 anos, quando aprendi a ler. Já naquela época resolvi ler o *Ubirajara* de José de Alencar. Não entendi uma palavra, mas li o livro todinho."[5]

1916 — Nasce, em 16 de agosto, seu irmão Flávio.

1917 — Em julho, a família muda-se para o Rio de Janeiro, onde Daniel de Queiroz trabalha com o irmão, Eusébio, também advogado. Descontente, abandona o escritório e, em 15 de novembro, desembarca, com a família, em Belém do Pará, para exercer o cargo de juiz a convite do governador Lauro Nina Sodré e Silva.

1919 — A família volta para a Chácara do Alagadiço, em Fortaleza. Com o irmão Roberto, Rachel de Queiroz frequenta uma escolinha perto de casa.

— Nasce, em 29 de outubro, seu irmão Luciano, completando, com Roberto e Flávio, o trio masculino de irmãos.

— Daniel de Queiroz vende a Chácara do Alagadiço para, no início do ano seguinte, tornar-se definitivamente fazendeiro na Fazenda do Junco.

---

5 NERY, Hermes Rodrigues. *Presença de Rachel*. Ribeirão Preto: Editora Funpec, 2002, p. 63.

1921 — É matriculada no tradicional Colégio da Imaculada Conceição, em Fortaleza, das religiosas da ordem francesa de Luísa de Marillac, das Filhas de Caridade. Tornou-se famoso o episódio em que Rachel desconcertou a irmã Apolline durante a primeira entrevista no colégio. Estava com dez anos de idade e, quando a religiosa lhe perguntou como faria se quisesse dar a volta ao mundo, a aluna, com a integridade de sertaneja e de leitora de Júlio Verne, escarneceu: "A senhora quer ir pelo canal do Panamá ou pelo estreito de Magalhães?"

1922 — Começa a escrever ficção. "Eu comecei a escrever com doze anos. Escrevia as maiores porcarias e escondia, porque tinha medo do espírito crítico de mamãe e de papai. Eu escrevia sobre paixões violentas, com punhais, revoltas, coisas assim."[6]

1925 — Conclui o curso normal no Colégio da Imaculada Conceição. Diplomada professora, sua educação formal para aí. De volta aos alpendres da Fazenda do Junco, entrega-se à leitura, sob orientação da mãe, refinadíssima leitora. "Diplomei-me professora em 1925, com quinze anos. Passamos os anos de 1926 e 1927 no sertão e numa casa do Benfica [bairro na região central da cidade], que papai construíra entre 1924 e 1925."[7]

---

6 NERY, Hermes Rodrigues. *Presença de Rachel*. Ribeirão Preto: Editora Funpec, 2002, p. 64.
7 QUEIROZ, Maria Luiza de; QUEIROZ, Rachel de. *Tantos anos*. Rio de Janeiro: José Olympio, 2010, p. 35.

1926 — Nasce, em 9 de setembro, Maria Luiza, a irmã caçula, a quem devotará sentimento materno. "Ajudei a criá-la, até disputei a maternidade dela com mamãe, palmo a palmo. Ela tem dois filhos homens, que são meus dois netos, o marido dela é o meu genro, embora seja a minha irmã caçula."[8]

1927 — Estreia na imprensa, sob o pseudônimo de Rita de Queluz, com uma carta cheia de irreverência e graça, datada de Estação do Junco, 23 de janeiro. Dirigida à Rainha dos Estudantes, Susana Guimarães, e publicada no jornal *O Ceará*, ironiza a majestade da nova soberana: "Eu, que na minha ingenuidade de tabaroa, só compreendo rei à antiga, de carruagem, manto e coroa de ouro, não posso conceber essa rainha '*made* às pressas', que anda comigo no bonde, não conduz pajens nem batedores, que não usa coroa nem manto e que, como nós, pobres mortais, paga modestamente o seu tostão."[9]

— Sob o pseudônimo Rita de Queluz, começa a publicar, em julho, no jornal *O Ceará*, o folhetim *História de um nome*, em sete capítulos. O primeiro saiu em 31 de julho e o último em 28 de agosto.

— Seu pai compra um sítio num vale do bairro Pici, nos arredores de Fortaleza, onde a família passa a morar: açude, pomar e boa sombra. Frequen-

---

8 NERY, Hermes Rodrigues. *Presença de Rachel*. Ribeirão Preto: Editora Funpec, 2002, p. 45.

9 Recorte de jornal. Acervo Rachel de Queiroz/ Instituto Moreira Salles.

tando as rodas literárias da cidade, não demora a ser convidada por Demócrito Rocha, do jornal *O Ceará*, ali chamado de barão de Almofala, para colaborar na coluna "Jazz-Band".

1928 — Colabora com o artigo "Propaguemos o ensino profissional" no primeiro número do jornal *O Povo*, que circulou em 7 de janeiro de 1928. O periódico, fundado por Demócrito Rocha e o futuro político Paulo Sarasate, reuniu a jovem *intelligentsia* do Ceará: "Meus colegas, Djacir Meneses, Jáder de Carvalho, todos eles me levaram para o esquerdismo",[10] dirá Rachel.

— Assume trepidante participação na imprensa cearense: edita a coluna "Jazz-Band" de *O Ceará*, escreve para *O Povo* e para a revista *A Jandaia*.

— Em outubro escreve um conjunto de poemas que intitula *Mandacaru*. O livro permanece inédito até 2010, quando, por ocasião das comemorações de seu centenário de nascimento, o Instituto Moreira Salles o publica em edição fac-similar.

1929 — Junta-se a um grupo irreverente de jornalistas que cria, em *O Povo*, o suplemento *Maracajá*, cujo objetivo é divulgar a estética modernista. Combativo e feroz, do *Maracajá* circularam apenas dois números: em 7 de abril e 26 de maio.

---

10 NERY, Hermes Rodrigues. *Presença de Rachel*. Ribeirão Preto: Editora Funpec, 2002, p. 66.

— Em meados desse ano começa a escrever *O Quinze*. "E eu então esperava que a casa adormecesse e ia para a sala da frente, onde um lampião de querosene ficava aceso, posto no chão. Estirada de bruços no soalho, diante da luz, eu então escrevia; parecia-me que a criação literária só poderia ser feita assim, no mistério noturno, longe do testemunho e dos comentários da casa ruidosa cheia de irmãos."[11]

— Em outubro, é nomeada professora de história da Escola Normal Pedro II.

1930 — Em março recebe as primeiras provas de *O Quinze*, que seria publicado em junho ou julho pelo Estabelecimento Graphico Urânia. Custeado por seu pai, o livro, em edição de mil exemplares, seria elogiado por ninguém menos que Mário de Andrade, além de Augusto Frederico Schmidt e outros.

— Eleita Rainha dos Estudantes, abandona a festa de posse, que se realizou em 26 de julho de 1930, e sai para apurar informações sobre o assassinato do governador de Paraíba, João Pessoa, naquele mesmo dia.

1931 — Viaja para o Rio de Janeiro onde, muito festejada pelos escritores locais, recebe, em março, o prêmio de romance da Fundação Graça Aranha. Para resistir ao "Brasil feudal" em que se considerava viver, inscreveu-se no Partido Comunista do Brasil (PCB).

---

11 "Como foi escrito *O Quinze*", de Rachel de Queiroz. In: *Revista da Academia Cearense de Letras* Ano LXXVII, 1976, nº 37.

Dois meses depois, de volta a Fortaleza, trabalha na reorganização do Bloco Operário e Camponês.

— Publica a peça em três atos *Minha prima Nazaré* no jornal *O Povo*.

1932 — Casa-se, em 14 de dezembro, no sítio do Pici, com o bancário e poeta bissexto José Auto da Cruz Oliveira. Para a cerimônia, usa um vestido de linho branco bordado pela mãe e um buquê de flor de laranjeira colhido do pomar.

— Muda-se com o marido para Itabuna, na Bahia, para onde Zé Auto fora transferido.

— Volta ao Rio de Janeiro e, como membro do PCB, submete seu segundo romance, *João Miguel*, à apreciação do comitê. Negada a aprovação, pega os originais, rompe com o Partido e segue sua vida de escritora. "Como nunca gostei de bichinho preso, não admitia que ninguém me colocasse qualquer espécie de camisa de força. Eu atuava, mas tinha que atuar com plena liberdade."[12]

— Publica *João Miguel* pela Livraria Schmidt Editora, Rio de Janeiro.

1933 — Nasce, em 2 de setembro, na chácara do Pici, sua filha, Clotilde. O parto foi feito por dona Julia, a mesma parteira de sua mãe.

— Um mês e meio depois de dar à luz, nova transferência de Zé Auto, dessa vez para o Rio. A família

---

12 NERY, Hermes Rodrigues. *Presença de Rachel*. Ribeirão Preto: Editora Funpec, 2002, p. 63.

aluga a casa que fora de Manuel Bandeira, na então rua do Curvelo, 51, hoje rua Dias de Barros, 53, em Santa Teresa. Não ficam mais do que três meses aí e Zé Auto é transferido para São Paulo, onde passam a morar na rua do Carmo. Na capital paulista, o casal junta-se a Lívio Xavier, Mário Pedrosa, Aristides Lobo, Plínio Melo e Arnaldo Pedroso Horta para traduzir as memórias de Trotski. "Chegáramos à cidade em 1933, logo depois da perda da revolução de 1932. São Paulo, derrotado, estava amarguradíssimo."[13]

1934 — Volta para Fortaleza com Zé Auto e a filha.

— Faz campanha ao lado do jornalista Jáder de Carvalho e se candidata a deputada pela Frente Única do Partido Socialista.

— Muda-se com a família para Maceió, para onde Zé Auto tinha sido removido. Nos cafés literários da capital alagoana juntou-se a Graciliano Ramos, Jorge de Lima, e José Lins do Rego, todos já com livros publicados.

1935 — Sua rica vida intelectual em Maceió é turvada por dois golpes severos: a morte, causada por meningite, no dia 14 de fevereiro, de sua filha, Clotildinha: "Eu a amei apaixonadamente e nunca me recuperei do golpe que foi perdê-la, assim tão novinha."[14] Três

---

13 QUEIROZ, Maria Luiza de; QUEIROZ, Rachel de. *Tantos anos.* Rio de Janeiro: Editora José Olympio, 2010, p.64-65.
14 NERY, Hermes Rodrigues. *Presença de Rachel.* Ribeirão Preto: Editora Funpec, 2002, p. 94.

meses depois, em 16 de maio, recebe a notícia da morte de seu irmão predileto, Flávio, aos 18 anos de idade. A causa: septicemia, causada por uma espinha no rosto.

1936 — Seu casamento não vai bem. Começa a trabalhar na firma de exportação G. Gradhvol et Fils, em Fortaleza, onde se encarrega da correspondência em inglês e francês. Chega ao cargo de gerente e fica na empresa até 1939.

1937 — Publica seu terceiro romance, *Caminho de pedras*, pela José Olympio, do Rio de Janeiro, que será sua editora até 1991. O livro contém evidente denúncia do sistema autoritário do Partido, além de contar um pouco da organização partidária no Ceará.

— Decretado o Estado Novo, e, por causa de sua militância política, permanece detida por três meses no quartel do Corpo de Bombeiros de Fortaleza: "Foi uma prisão amena: os bombeiros faziam serenata para mim todas as noites."[15]

1939 — Separa-se do marido e muda-se para o Rio de Janeiro. Publica seu quarto romance, *As três Marias*, reconhecidamente seu livro mais autobiográfico. Segundo a própria Rachel, as personagens existiram de fato: Guta é Rachel, Maria da Glória é Odorina Castelo Branco, e Maria José é Alba Frota, ambas suas colegas no Colégio da Imaculada Conceição.

---

15 "Memória Seletiva." In: *Cadernos de Literatura Brasileira: Rachel de Queiroz*. Rio de Janeiro: Instituto Moreira Salles, 1997, nº 4, p. 12.

1940 — Conhece, por meio do médico e escritor Pedro Nava, o também médico Oyama de Macedo, com quem passaria a viver neste mesmo ano.

1944 — Colabora nos jornais cariocas *Correio da Manhã, O Jornal* e *Diário da Tarde*.

— Sai sua tradução da obra de Leon Tolstói *Memórias: infância, adolescência, juventude*.

1945 — Muda-se para uma casa na rua Carlos Ilidro, 25, na Cova da Onça, espécie de vale entre o bairro Cocotá e a praia do Barão, na Ilha do Governador, no Rio. "A Ilha nos deu a solidão a dois, tão necessária para um casamento. Quando nos casamos de verdade, promulgada, afinal, a lei do divórcio, Oyama chamava o nosso casamento de 'pleonasmo', repetição formal do que já existia."[16]

— A convite de Assis Chateaubriand, em 1º de dezembro estreia belamente com a "Crônica nº1", na lendária coluna *Última Página*, da revista *O Cruzeiro*, que na ocasião tinha tiragem de 100 mil exemplares. Sua colaboração nesse periódico será semanal durante exatos trinta anos — vai até 1975. Cronista madura e urbana, sua alma era essencialmente sertaneja, como se lê na crônica inaugural: "Tem dias em que eu dava dez anos de vida por um pedacinho bem árido de caatinga, um riacho seco, um marmeleiral ralo, uma vereda pedregosa, sem

---

16 QUEIROZ, Maria Luiza de; QUEIROZ, Rachel de. *Tantos anos*. Rio de Janeiro: Editora José Olympio, 2010, p. 189.

nada de arvoredo luxuriante, nem lindos recantos de mar, nem casinhas pitorescas, sem nada deste insolente e barato cenário tropical. Vivo aqui abafada, enjoada de esplendor, gemendo sob a eterna, a humilhante sensação de que estou servindo sem querer como figurante de um filme colorido."

1947 — Sai sua tradução de *O morro dos ventos uivantes*, de Emily Brontë.

1948 — O ano traz-lhe duas perdas fundamentais: a de seu pai, em 15 de agosto, de infarto, e a de Luciano, o irmão caçula, em 13 de setembro, do mesmo mal. Luciano morreu a bordo de um navio, dirigindo-se ao Rio de Janeiro, em busca de tratamento.

— Publica *A donzela e a moura torta: crônicas e reminiscências*.

— Publica, num só volume, os romances: *O Quinze, João Miguel* e *Caminho de pedras*.

— Sai sua tradução de *A mulher de trinta anos*, de Honoré de Balzac.

1950 — No dia 2 de setembro começa a publicar, em folhetim, o primeiro dos quarenta capítulos do seu quinto romance, *O galo de ouro*, ambientado no submundo da Ilha do Governador. O último capítulo seria publicado em 2 de junho de 1951. Somente 36 anos depois seriam reunidos em livro.

— Com o adiantamento de 50 contos pelo trabalho, embarca em um Constellation, com Oyama, para fazer sua primeira viagem à Europa.

1952 — Sai sua tradução de *Os irmãos Karamazov*, de Dos toiévski.
— A família vende o sítio do Pici.

1953 — Publica, em livro, sua primeira peça de teatro, *Lampião*, focando no tema do amor. Apesar de ganhar o Prêmio Saci com essa peça, o crítico Sábato Magaldi diz que a contribuição de Rachel ao teatro "marcou-se sobretudo no terreno da linguagem, já que a urdidura cênica, nas montagens, ficou aquém das qualidades literárias".

1954 — Morre sua mãe, em 19 de fevereiro, no Rio de Janeiro. Poucos meses depois, vai, com Oyama, tomar posse da Fazenda Não me Deixes, que herdara do pai. Ali constrói a casa, e, naquelas terras, o marido descobre sua vocação de fazendeiro. Referindo-se a essa fazenda, ela dirá: "E sinto que lá é o meu permanente. O Rio é o provisório."[17]

1958 — Em junho, recebe o Prêmio Machado de Assis, da Academia Brasileira de Letras, pelo conjunto da obra. No discurso com que a homenageia, Austregésilo de Athayde, então presidente, reafirma que a Casa é reservada aos homens e que, mesmo reconhecendo o talento da premiada, não daria seu voto para que ela integrasse o quadro de imortais: "não o daria jamais", declara. Menos de vinte anos depois, Rachel se sentaria ao lado dele nas cadeiras de veludo verde dos imortais.
— Publica a peça *A beata Maria do Egito*.

---

17 QUEIROZ, Maria Luiza de; QUEIROZ, Rachel de. *Tantos anos*. Rio de Janeiro: Editora José Olympio, 2010, p. 219.

— A peça *O padrezinho santo*, com Cláudio Cavalcanti no papel principal, é encenada em março no Grande Teatro Tupi, programa de teleteatro da TV Tupi RJ. Levada também na TV Ceará Canal 2, em 1963. Consta ainda, em seu arquivo, referência à peça *Vingança*, com Tônia Carrero no papel principal.

— Publica *100 crônicas escolhidas*, seleção feita por ela mesma. O livro será reeditado, na sua sexta edição, pela editora Siciliano, em 1994, com o título *Um alpendre, uma rede, um açude*.

1959 — *A beata Maria do Egito*, com Glauce Rocha no papel-título, é encenada pela Companhia Nacional de Comédia, no Teatro Serrador, para encanto de Manuel Bandeira, que, sobre o espetáculo, escreve a crônica "Beata Maria do Egito". Entre outros, a peça ganhou o Prêmio de Teatro do Instituto Nacional do Livro.

1960 — Sai a edição de *Quatro romances* (*O Quinze, João Miguel, Caminho de pedras* e *As três Marias*).

1961 — Recusa o convite do presidente Jânio Quadros para ocupar o cargo de ministra da Educação. "Sou apenas jornalista e gostaria de continuar sendo apenas jornalista", justificou.

1963 — O romance *As três Marias* é publicado pela University of Texas Press, com ilustrações de Aldemir Martins.

— Publica seleção de 37 crônicas de *O Cruzeiro* em *O brasileiro perplexo: histórias e crônicas*, pela Editora do Autor.

1964 — "Conspira", como costumava dizer, a favor do golpe militar que depôs o presidente João Goulart. "Eu tinha sido solidária à revolução de 1964 e ao governo de Castelo Branco. Mas depois, quando o grupo do Costa e Silva apertou as coisas e veio o AI-5, me afastei completamente. [...] Nós não tivemos nada a ver com o que veio depois, com os excessos da linha dura. Não era aquilo que defendíamos e queríamos para o Brasil." [18]

— Viaja aos Estados Unidos, onde permanece de 17 de setembro a 17 de novembro.

1966 — É nomeada pelo presidente Castelo Branco delegada do Brasil na 21ª Sessão da Assembleia Geral da Organização das Nações Unidas junto à Comissão dos Direitos do Homem.

1967 — Integra o Conselho Federal de Cultura, no qual permanecerá até 1985.

— Sofre grande perda: em 18 de julho morrem, em acidente de avião, sua querida amiga Alba Frota e o presidente Castelo Branco, pouco depois de saírem da Fazenda Não Me Deixes com destino a Fortaleza.

— Publica o livro de crônicas *O caçador de tatu*.

1969 — Estreia na literatura infantojuvenil com *O menino mágico*.

1970 — É concluído o prédio Rachel de Queiroz, na rua Rita Ludolf, 43, onde a escritora passará a morar, no apartamento 201, até o fim da vida.

---

18 NERY, Hermes Rodrigues. *Presença de Rachel*. Ribeirão Preto: Editora Funpec, 2002, p. 218.

1973 — Sai a *Seleta de Rachel de Queiroz*, com organização de Paulo Rónai e estudo e notas de Renato Cordeiro Gomes.

1975 — Depois de longo intervalo, publica *Dôra, Doralina*, seu sexto romance.

1976 — Publica *As menininhas e outras crônicas*.

1977 — Por 23 votos a 15, Rachel de Queiroz vence o jurista Francisco Cavalcanti Pontes de Miranda e torna--se a primeira mulher a ser eleita para a Academia Brasileira de Letras. A eleição acontece no dia 4 de agosto, e a posse, em 4 de novembro. Ocupa a cadeira nº 5, fundada por Raimundo Correia. "A vitória da minha candidatura representou a quebra de um tabu. Neste sentido me senti satisfeita, porque vivi a vida inteira na luta contra os formalismos, as convenções, os tabus e os preconceitos."[19]

1978 — *O Quinze* é publicado no Japão pela editora Shinsekaisha e, na Alemanha, pela Suhrkamp.

1980 — A editora francesa Stock lança *Dôra, Doralina*.
— Entra no ar, entre novembro de 1980 e maio de 1981, pela Rede Globo de Televisão, a telenovela *As três Marias*. Com direção de Herval Rossano, teve Gloria Pires, Maitê Proença e Nádia Lippi como intérpretes das Marias.
— Publica a coletânea de crônicas *O jogador de sinu ca e mais historinhas*.

---

19 NERY, Hermes Rodrigues. *Presença de Rachel*. Ribeirão Preto: Editora Funpec, 2002, p. 198.

1982 — Morre seu marido, Oyama: "Eu e o Oyama fomos casados durante 42 anos. Nós vivemos, de fato, uma solidão a dois. Fazíamos longas viagens sem falar com ninguém."[20]

— *Dôra, Doralina* é adaptado para o cinema, com direção de Perry Salles e Vera Fischer no papel de Dôra.

1985 — Publica a edição, em livro, de *O galo de ouro.*

1986 — Publica mais um livro infantil: *Cafute & Pena-de-Prata.*

1989 — A José Olympio lança, em cinco volumes, a sua *Obra reunida.*

— Publica *Mapinguari, crônicas* selecionadas de *O brasileiro perplexo* e *As menininhas e outras crônicas.*

1990 — Completa oitenta anos de idade: "Fazer oitenta anos eu acho extremamente desagradável. Não sei por quê, mas acho. Pode ser que, depois, eu me acostume. Mas não creio, considero envelhecer uma ideia péssima."[21]

1991 — Interrompe sua ligação com a Editora José Olympio. Pela divulgada quantia de 150.000 dólares, a Editora Siciliano, de São Paulo, vence o leilão pelo direito de publicação de toda a sua obra.

1992 — Publica pela nova editora o seu sétimo romance: *Memorial de Maria Moura.*

— Publica *Andira*, literatura infantojuvenil.

---

20 NERY, Hermes Rodrigues. *Presença de Rachel.* Ribeirão Preto: Editora Funpec, 2002, p. 91.
21 QUEIROZ, Maria Luiza de; QUEIROZ, Rachel de. *Tantos anos.* Rio de Janeiro: Editora José Olympio, 2010, p. 121.

1993 — Entre outros, recebe, dos governos do Brasil e de Portugal, o prestigioso Prêmio Camões.

— A Siciliano inicia o relançamento de toda a sua obra.

— Publica a seleção de crônicas do período de 1988 a 1992 em *As terras ásperas*, Coleção Mestres da Literatura Brasileira e Portuguesa.

1994 — Recebe 50 mil dólares pela adaptação do *Memorial de Maria Moura* em minissérie para a Rede Globo de Televisão. São 24 capítulos exibidos entre 17 de maio e 17 de junho de 1994, com Gloria Pires no papel da heroína: "Eu gostei da minissérie. Eles é que não gostaram do meu livro, pois mudaram tudo", declarou em entrevista, com seu proverbial bom humor.

1995 — Morre seu irmão Roberto, em 6 de outubro.

1996 — Ganha o Prêmio Moinho Santista pelo conjunto da obra.

1998 — Publica *Tantos anos*, livro de memórias, escrito em parceria com sua irmã, Maria Luiza.

2000 — Publica, com colaboração da irmã, Maria Luiza de Queiroz, o livro de memórias *O Não Me Deixes: suas histórias e sua cozinha*.

2003 — Como sertaneja que nunca abriu mão de dormir de rede, morre no seu apartamento do Leblon, no Rio de Janeiro, em 4 de novembro, seis dias antes de completar 93 anos.

Este livro foi composto na tipografia Minion
Pro, em corpo 11,5/17, e impresso em
papel off-white no Sistema Cameron da
Divisão Gráfica da Distribuidora Record.